熟れ妻　占いびより

庵乃音人
Otohito Anno

三交社 文庫

目次

※この作品は艶情文庫のために書き下ろされたものです。

第一章　女占い師の淫《みだ》らな誘惑

1

（ああ、エロい）

その占い師は、瑞希《みずき》と言った。

本名なのか道号なのか分からない。

年齢はおそらく、三十代半ば。ムチムチと肉感的で、男好きのする顔立ちをしている。

おっぱいが、目を見はるほど大きかった。Gカップ、九十五センチぐらいは間違いなくある。

しかも、ヒップの張りだし具合も申し分がない。

いや。申し分がないどころか、男を息づまる気持ちにさせる生々しい迫力を惜しげもなく見せつける。

対する星野駿介《ほしのしゅんすけ》は、二十九歳。

仕事がうまくいかず、劣等感を感じながら流されるように生きていた。どこにでもいる、平凡な営業系サラリーマンだ。

そんな彼が瑞希と出逢《であ》ったのは、つい数時間前のことである。

それなのに——。

「ああン、そうよ。あっあっあっ……分かってるわよ、星野くん。あなたは私みたいに、ムチムチした女が大好物。ハァアン……」

「み、瑞希さん。おおお……」

（すみません。当たってるんですけど！）

このなりゆきに、正直自分でも面くらっていた。

どうして数時間前にはじめて会ったばかりの女性占い師のおっぱいを、こんな風に我が物顔で揉《も》めてしまっているのだろう。

しかも、ラブルホテルという入ったこともないような場所で。

「ああ、そうよ。もっと揉んでいいの。揉ませてあげる。あっあっ、あぁン」

二人して、もつれあうようにベッドに倒れこんでいた。互いに酒くさい息をふりまき、抱きあいながらずっと接吻《せっぷん》をつづけている。

男好きのする顔立ちの占い師は、なかなかの美女でもあった。その上どうやら人並み以上に、好き者の女性のようである。

駿介は、流れにまかせて許しも得ず、服越しに乳を揉みはじめた。

瑞希は待ってましたとばかりに、それまでにも増していやらしくあえぐ。その上、この占い師は――。

「あぁン、そうよ。いいわ。揉んで。揉んで、揉んで。知っているのよ。大きなおっぱい、大好きでしょ。ハァアン……」

次から次へと駿介の、人には言えない性的嗜好《しこう》をあれもこれもと言い当てる。

占い師なる人物と話をしたのははじめてだが、占い師というのは、みんなこれほどまでに鋭いのか。

生年月日と、ほんのちょっとの言葉をやりとりしただけで、男がこっそりと秘め隠す恥ずかしい事実まで、あまさず見抜いてしまうのか。

「おお、み、瑞希さん」

「ハアァアン」

「はぁはぁはぁ」

駿介は瑞希におおいかぶさり、両手で豊乳を鷲《わし》づかみにした。

瑞希はいかにも占い師然とした、ミステリアスな漆黒のドレス姿。

そんないでたちの美熟女に身体《からだ》を密着させ、ドレス越しにもにゅもにゅとたわなおっぱいをせりあげる。

「ああ、瑞希さん……はぁはぁ……ああ、おっぱい、やわらかいです！」

指に感じるとろけるような感触に恍惚《こうこつ》としつつ、駿介は言った。

声が上ずった。

このところ、生身の女性とまぐわうなんて、とんとご無沙汰《ぶさた》だった。

二十七歳で当時の彼女と別れて以来、二年もの間右手が恋人だという生活を、一人むなしくつづけてきた。

それなのに、人生というのはどう転ぶか分からない。

はずみで見てもらった占い師の、魅惑の巨乳をこんな風に揉んでしまっているだなんて。

「あぁン、やわらかいでしょ。あっあっ、星野くん、大きくてやわらかいおっぱい大好きだものね……ハアァ……」

乳をまさぐられ、肢体をのたうたせてあえぎながら、瑞希は色っぽい声でまたも指摘する。

「ううっ。で、でも……どうしてそんなことまで分かるんですか」

股間《こかん》の一物を臆面《おくめん》もなくいきり勃《た》たせつつも、同時に駿介はパニックになっていた。

心の奥の奥までをも、見透かされているような気持ちになる。

「あはァン、分かるに決まってるじゃない。私、占い師よ。細身の女性になんて、あまり色気を感じないいんじゃなくて？」

「ううっ。そのとおりですけど……あっ――」

すると瑞希は駿介を制し、いきなり起きあがった。

「み、瑞希さん」

熟女の乳から手を放し、駿介は瑞希の動きを見守る。

「ンフフ」

艶《なま》めかしく微笑しながら、女占い師はすべるようにベッドを下りた。

カーペットの敷かれた床に立ち、セクシーに微笑《ほほえ》みながら、誘うように尻《しり》をふる。両手を背中に回すと、淫靡《いんび》な音を立て、ドレスのファスナーをゆっくりと下ろした。

笑うと垂れ目がちになる癒《い》やし系の美貌《びぼう》。まるみを帯びた鼻の形にも、甘えたくなるような母性が感じられる。

朱唇はぽってりと肉厚で、熟れたサクランボを思わせた。プリプリとした艶《つや》やかな弾力を感じさせ、つい指でそっと触れたくなるほどだ。

卵形の顔は、かなり小さめである。

そんな小顔をエレガントに波打つ栗色の髪がいろどっていた。明るい色をした髪の先が、肩甲骨のあたりでふわふわと躍っている。

「あとね……」

瑞希は目を細め、からかうように駿介を見た。

ジト目とでも言うのだろうか。彼を見つめる視線には、揶揄《やゆ》と同時にコケティッシュな魅力が官能的ににじむ。

「えっ？　わっ……」

瑞希がなにを言いたいのかといぶかったときである。肉感的な熟女はくるりとその身を回し、こちらに尻と背中を向けた。

黒いドレスのファスナーは、すでに腰まで下ろされている。

ドレスの布がはらりとはだけた。

不意をつかれる色の白さを見せつけて、熟れた背すじの一部分が天井からの明かりに照らされる。

「み、瑞希さ――」

「星野くんは、こういうのも大好きなの」

駿介に背中を向けたまま、横顔だけ見せて瑞希は言った。見て見てとでも言うように、右へ左へとヒップをふる。

息さえ殺して見つめれば、瑞希はいきなり両肩から、するっとドレスをすべらせた。

「うわあ。み、瑞希さ……おおお……」

突然露《あら》わになったのは、完熟の時期を迎えた三十代の半裸身だ。

ロングドレスの中からは、漆黒のブラジャーとパンティに締めあげられたムチムチ女体が現れる。

（ああ、すごい）

眼前にさらされたダイナマイトボディに、駿介は息苦しさをおぼえた。

もっちりとしてはいるものの、同時に瑞希の身体は、手脚も長く、スタイルがいい。

もっとも、そんな完璧《かんぺき》そうに見える肉体の黄金比も、ヒップの部分だけはアンバランスだった。

コーラのボトルさながらの、エロチックなS字を描くボディライン。

肩のほうから下降した流線が、腰のあたりでえぐれるようにくびれていた。

身体のラインはそこから一転し、はちきれんばかりのまるみを描いて、ヒップのボリュームと迫力をこれでもかとばかりに見せつける。

「おお、エ、エロい……」

駿介は唾《つば》を飲みそうになった。

肉体の黄金比を逸脱してはばからない、圧倒的なデカ尻である。スタイルの良さにこだわる男なら、減点ものかもしれなかった。

だが、駿介はそうではない。

大きいのがよかった。デカ尻万歳だ。たわわな巨乳と同じぐらい、駿介は大きなお尻が好物だった。

そして、スタイルがいいのに尻だけは大きい、そんな肉体の持ち主は、いそうでいてなかなかいない。

（あっ……）

駿介の脳裏に、かつて愛した女性の面影が鮮烈によみがえった。

思いだすたび甘酸っぱい気持ちで胸を締めつけられる、今でもたいせつな永遠の恋人。

――どうしても、忘れられないんです。

数時間前、瑞希に占ってもらったときも、ついその人のことに言及した。

大学時代交際をしていた、姉のような年上の人。

彼女がまさに、こんな見事なデカ尻だった。

スタイルはいいのに尻だけは大きく、せっかくの肉体の黄金比がそこだけ崩れてしまっていた。

お尻と同様乳房も豊満で、無防備に揺れるおっぱいや、プリプリとふりたくられる巨大な臀肉《しりにく》に、駿介はどれだけせつなく煩悶《はんもん》したかしれなかった。

そう。

瑞希のナイスボディは、まさにあの人のようだった。

彼女が好きだったから、こういう肉体を持つ女性に惹《ひ》かれるようになったのか、こういう女体が好きだから、今でも彼女が忘れられないのか、それは分からない。

だが、いずれにしても駿介の中には、今も変わらずあの人がいた。

そんな彼女とよく似た肉体を持つ美貌の占い師に、どうしようもなく駿介は燃えた。

「はぁはぁ……瑞希さん」

駿介は吐息を乱し、尻と背中を見せつける占い熟女の名を呼んだ。

艶やかな光沢を放つ美肌は、背脂感が半端ではない。ほら見てすごいでしょ食べごろよとでも訴えるかのように、旨《うま》みをしのばせた肉厚の肌が、薄桃色に上気しはじめた艶姿《あですがた》を見せつける。

そんなもっちりとおいしそうな肉体に、ギチギチと食いこむかのような窮屈さで、ブラジャーとパンティが吸いついている。

下着の縁の部分の肉が、はみ出すように盛りあがる眺めにも、男心をそそるエロスがあった。

「ンフフ。興奮するでしょ。でもって……」

苦もなく昂《たか》ぶる駿介の反応に、してやったりという感じだった。瑞希は色っぽく微笑むと、ゆっくりと体勢を変え――。

「うおおおっ。ああ、す、すごい！」

駿介に向かって、挑むように尻を突きだした。

両手の指を太腿《ふともも》に置き、どうよどうよと見せつけるように、8の字を描いて尻をふる。

「うおっ。おおお……」

駿介はほうけたように、ふりたくられるデカ尻に見入った。

ググッと突きだすポーズになっているせいで、エロチックな臀部《でんぶ》の形が鮮明になっている。

甘く熟した水蜜桃《すいみつとう》を思わせる、得も言われぬ形状。まん丸な臀肉が仲よく並び、淫靡な谷間にまでパンティが吸いついている。

健康的な太腿の間からは、瑞希のもっとも恥ずかしい部分が、パンティに包まれて見えていた。

これはまた、なんと蠱惑《こわく》的なふくらみであろう。こんもりと盛りあがる肉土手は、まるでふかしたての肉まんのよう。指でクロッチを押したなら、ぬぷぬぷとどこまでも駿介の指を受け入れそうだ。

（あっ！）

しかも、駿介は見てしまった。

秘丘に吸いつく漆黒のパンティ――そのクロッチの片側に、ちょろりと陰毛がはみだしている。

身体がさらに熱く火照《ほて》った。

大学時代に愛した女性は、俗に言う剛毛美女だった。

清楚《せいそ》な美貌の持ち主で、万事つつましやかな人なのに、裸にすると股《また》のつけ根には、驚くほど豪快にもっさりと陰毛が生えていた。

本人はそんな身体を恥ずかしがり「見ないで。お願い」と涙目になって懇願したものだ。

それでも神様に与えられたものだからと、カミソリなどで処理することもなく、ずっと自然のままにしていた。

そんな美貌と股間のギャップにも、駿介はどれだけ興奮させられたか分からない。

「分かってるわよ、星野くん」

すると、尻を突きだす挑発的なポーズのまま、瑞希はふり返って駿介を見た。

「えっ」

駿介は目を見はる。心に一抹の不安が芽生えた。

（まさか……）

「ンフフ。ごまかしてもだめよ。きみは……」

からかうように言った。瑞希は股間へと白魚の指を伸ばす。見せつけるような雰囲気で、クロッチの端に指をかけると――。

「きみは……陰毛モジャモジャの女が好き。こんな感じの」

そう言って、クイッとパンティを脇《わき》にやった。

「うわあああっ。み、みみ、瑞希さん」

もうだめだと、駿介は思った。

パンティの中から露出したのは、自己申告どおり剛毛密林の陰部。いやらしいワレメの上部いっぱいに、びっしりと黒い縮れ毛が生えている。

――星野くん、恥ずかしいよう。あああ……。

脳内いっぱいによみがえるのは、あの人にクンニリングスをしたノスタルジックな思い出だ。

駿介は安アパートの汗臭い布団で、あるいはあの人のマンションのととのえられたベッドの中で、いつも夢中になって股のつけ根に吸いついては、剛毛にスリスリと頬《ほお》ずりをした。

そんな記憶を、瑞希の剛毛はいやでも刺激した。彼女のヴィーナスの丘も、あの人に負けないマングローブの森である。

そのことにも驚いたが、それ以上に驚愕《きょうがく》したのはこれまたズバリ、駿介の性的嗜好を言い当てたからだ。

（なんていう人だ）

的中に次ぐ的中に、畏怖《いふ》の念さえ駿介はおぼえた。

そして同時に、そこまでバレているのなら、もはやこちらは開きなおり、下品なケダモノになるしかないとも本気で思う。

「うおおっ。瑞希さん」

「うあああああ」

駿介ははじかれたようにベッドを飛びだし、瑞希に駆けよった。

熟女の背後に膝立《ひざだ》ちになる。黒いパンティを吸いつかせる魅惑のデカ尻を鷲づかみにした。

……ムギュウ。

「ハアァン、星野くん。ああああ」

「はぁはぁ、瑞希さん。ああ、尻でかい。尻でかい。た、たまらない」

「うああ。あああああ」

なにもかもかなぐり捨て、駿介は本能を解放した。こんなに興奮したのは、いったいいつ以来だろうとぼんやりと思う。

「あぁン、いやらしい。あはぁ、お尻の肉、こんなに揉まれちゃってるンン」

グニグニと臀肉をねちっこく揉まれ、女占い師は鼻にかかった甘い声をあげた。くなくなと身をよじり、さらに艶めかしくヒップをふりたくる。

「くうぅ。瑞希さん。すごすぎです。ここまで当てられちゃったらもう俺……」

声を上ずらせて言った。

駿介は、もとに戻りかけたパンティのクロッチにふるえる指をやる。

「あぁ、星野くん」

「ごめんなさい。もう我慢できません」

駿介は宣言すると、勢いよくクイッとクロッチを脇にやった。

そのとたん、瑞希はさらに悩ましげな声を跳ねあがらせた。

2

――お兄さん、自分の未来を見てみない？

瑞希との邂逅《かいこう》は、彼女のそんなひと言がきっかけだった。

今から数時間前。

某中堅ＩＴ企業に勤務する駿介は、一仕事終えて帰る途中であった。

企業向けシステムの開発を主力事業とする会社で、中小企業に営業にまわり、商品の売りこみをする毎日をつづけている。

今日は東京都下の小さな会社に、商品受注システムの見積もりを届けに行った。だが先方の担当者によれば、考えていた金額よりかなり高額だったらしい。受注できるかどうかは、今日の時点ではなんとも言えなかった。

せっかくここまでがんばったものの、また無駄骨に終わるかも——。むなしい気分になりながら、駿介はその会社をあとにして、駅へと急いだのだった。

近道をしようと路地に入ったところ、方向感覚が狂い、住宅街の暗い道をあたふたとした。

スマートフォンの地図アプリを使ってようやく迷路を脱し、飲み屋の並ぶ暗い通りへとたどりついたところだった。

大学を卒業し、たまたま採用してもらえた会社で営業部の一員として働くようになって早七年。

会社の評価としても自己評価としても、お世辞にも優秀とは言えなかった。

入社年度は自分よりあとなのに、逆立ちしてもかなわないほど数字をあげていく後輩もどんどん出てきている。

転職──。

そんな言葉もつい最近、チラチラと脳裏に浮かぶようになった。

だが転職をするとして、なにがしたいのかといえばこれといってやりたいこともなければ、一人のプロとしての強みもない。

そもそも、覇気すらない。

どうしても転職を成功させ、今度こそ一流の仕事をしてやるのだという気概がなかった。

流されていた。

毎日ただただ、流されていた。

そして今日も、コンビニで弁当と缶ビールでも買って帰ろうかと思いながら駅へと向かっていたところ、飲み屋街の路地の片隅で、瑞希に声をかけられたのである。

瑞希はいかにも、テレビドラマや漫画によく出てくる占い師だった。

小さな卓と二脚の椅子《いす》。

ぼんやりとオレンジ色の明かりが点《とも》る小さな卓上看板には「占」「運命」といった文字が浮かびあがっていた。

声をかけてきた瑞希は、身なりもいかにも占い師然としていた。

エレガントな黒いドレスは、どこか魔女めいたものを思わせる。頭部をおおうショールもまた、いかにもうさんくさかった。

占いなど、これっぽっちも信じていなかった。

どちらかというとそういうものは、女性が夢中になるものではないかという先入観というか偏見もある。

しかし。

――今日、お客さん、少ない感じなのよ。流れ的によくない気がする。安くしておくからちょっと見ていったら、自分の運命。

瑞希にそう誘われ、心が動いた。

ディスカウント価格は大好物である。人生に茫漠《ぼうばく》とした不安を抱いていることも事実だった。

ここが知らない街であり、瑞希がなかなかの美人だったことも、心を動かされた理由かもしれない。ムチムチと肉感的な彼女の体型が、まさに好みのど真ん中ということもひょっとしたら関係していただろうか。

こうして駿介は柄にもなく、瑞希に見てもらうことになった。

その身なりから、水晶玉だとかタロットカードだとか、あるいは西洋占星術だとか、よくは分からないけれど西洋的なイメージの占術でも使うのかと思ったが、誕生日を伝えると瑞希が紙に書きはじめたのは、いわゆる十干や十二支だった。

いいのか、黒いドレスなのにと心で突っこんだのは、瑞希には言えない駿介だけの秘密である。

――うーん。営業の仕事は、あまり向いてないかもしれないわね。

ひとしきり駿介とやりとりをし、紙に書かれた十干十二支に、さらになんだかんだとわけの分からないことを書きこんだ瑞希は、やがて彼に言った。

どちらかというと内向的な性格であること。他人を押しのけ、図々しさをものともせず、なにかをしゃかりきに売りこむような仕事は、宿命とはかけ離れているると瑞希に言われた。

まあ当たっているよなと、思わざるを得なかった。当たっていなかったら、今こんな事態にはおちいっていない。

――なにか、書くこととか好きなんじゃない？

十干十二支とにらめっこをしながら瑞希は言った。

駿介はハッとして占い師を見た。

たしかに、小説は読むことも書くことも好きだった。

大学時代に交際をしていた女性には「将来、物書きになりたいんだよね」と夢物語を語って聞かせたこともある。

習作だって何作もかさねた。だが何回か小説の新人賞に落選し、それだけであえなく、駿介は夢を放棄した。

駿介の夢物語に耳を傾け「すてきね。応援してあげる」と目を輝かせて寄りそおうとしてくれた、たいせつな女性と別れてしまったことも大きかった。

瑞希にそんな思い出を話すと「もったいないわよ。また書いてみなさいよ」と勧められた。

たいして才能ないからと自嘲《じちょう》的に笑えば、瑞希は「そんなことないわ。少なくともきみの宿命には、向いている仕事のひとつだと出ているわよ」と太鼓判を押してくれた。

——それはともかくきみ、今でもその女の人が好きみたいね。

瑞希はそうも言った。

その指摘に、駿介は心底仰天したのだった……。

「そ、そんなことまで分かるんですか、占いって」

目を見開き、ついすっとんきょうな声を出して駿介は聞いた。

「分かるわよ。私を誰《だれ》だと思っているの」

瑞希は得意げに小鼻をふくらませ、フフンと胸をそらす。

「すみません、よく知りません」

「まあ、世間なんていうのは、しょせんそんなものなんだけどね」

正直に頭を下げると、瑞希は苦笑して言った。

「まあそんなことはどうでもいいけど、とにかく宿命を見れば大概のことは分かる。えっと、きみ……星野くんだっけ。星野くんは、わりとセンチメンタルな男性よね。一度好きになった女性のことはなかなか忘れられない。相手との相性が抜群だったらよけいにね」

「相性……えっと、それはどうやったら分かるんですか」

「生年月日教えて、お相手の女性の」

「あ……」

駿介は、おぼえていたその人の生年月日を占い師に告げた。

萩原由依《はぎわらゆい》。現在、三十二歳。

今はどんな苗字《みょうじ》になっているのかは、もちろん分からない。

大学の先輩だった由依と破局し、彼女が卒業してしまってからは、一度も会っていなかった。

「ほら、思ったとおりよ。きみ、この人との相性、最高だわ」

万年暦とか言うらしい、いかにも占い師の持ちものめいた分厚い暦で由依の誕生日を干支に直した瑞希は、駿介の生年月日とつきあわせ、得意そうに言った。

「なんで別れちゃったの、こんなにいい相性なのに」

「なんでって……」

瑞希に不思議そうに問われ、つい駿介は目をそらした。

「まあ……いろいろあるんですよ。人に歴史ありです」

「て言うほど生きてもいないくせに」

「うるさいです。あ、じゃあ、この人との相性はどうですか」

興味をそそられた駿介は、二年前に別れた同僚の生年月日も瑞希に告げた。するとこちらは、由依との相性に比べるとたいして強烈ではないという。

なるほどと思わないでもなかった。

実際問題、由依のことは忘れられずにいるというのに、同僚の女性のことは、もう終わったことだからとサバサバとしている自分がいる。

「惜しかったわね、大学時代の彼女さん。長いこと占い師をやっているけど、こんなにいい相性の二人もめったにいないわよ」

瑞希は紙に書いたものを見つめ、唇をすぼめて言った。

「はあ。でも、今さらそんなこと言われてもですね……」

「今でも好きなのね、ほんとに」

「えっ」

目を細め、微笑ましそうに見つめられ、駿介はいささか照れた。

「まあ……そうですね」

「…………」

「どうしても、忘れられないんです。相性とかも、関係あったってことですね」

なぜだか瑞希には素直になれた。旅の恥はかき捨てではないが、一見の占い師だからかまえずにすむのかもしれない。

「まあ、相性的なことは大きいわよね」

するると、瑞希は言って何度もうなずいた。

「なるほど。でも、もう過去の話ですから」

「そりゃそうね」

瑞希は気持ちを切りかえたように、もう一度自分のメモに目を落とした。

「たしかに過去をふり返ってもしかたがない。ということで、星野くんのこれからのことだけど」

じっと目を細めてメモを見つめ、瑞希はひとしきり「うーん」とうなってから言う。

「きみ、新しいことがはじまる暗示が出ているわよ」

「えっ」

瑞希の言葉に、またしても駿介は興味を惹かれた。

「あ、新しいことってなんですか」

身を乗りだして瑞希に聞く。

「新しいことは新しいことよ、うれしくない？」

瑞希は意味深に微笑んで、駿介を軽くいなした。

「そう言われても……新しいことがなんなのかにもよりますけど」

駿介は答えた。しごく当然の話である。

するとミステリアスな占い師は——。

「女がらみ……って言ったらどうする？」

口角をつり上げ、じっと駿介を見つめて言った。

「はっ」

声のトーンが思わず上がる。

「お、女がらみ？」

「ムフフ」

「いや、ムフフって」

女がらみと言われると、一段と興味が増した。

二年前、同僚だった恋人と別れてから、とんと「女」という生き物にはご無沙汰である。

その同僚の女性は高校時代の友人だかと結婚をし、寿退社をしてしまったが、こちらは以来、誰ともなにもない。

そんな駿介にしてみたら、瑞希の話はどうしたって興味をそそられる。

「女がらみの新しいことってなんですか」

「そうね……女がらみで、仕事ができるって感じ？」

「お、女がらみで仕事？」

はて、いったいなにかと天を仰いだ。女とは無縁な自分のような男に、いったいなにが起きるというのだろう。

「ねえ、時間ある？」

すると瑞希は、卓上の占いグッズを片しながら唐突に聞いた。

「はっ？」

きょとんとして聞き返す。

瑞希は、なおもそそくさと片づけをしながら聞いてくる。

「一緒にご飯でも食べない？　夕飯まだでしょ。私もなの」

「いや、あの。でも」

駿介は返事に窮した。

どうして出逢ったばかりの占い師に誘われるのだ。もしかして、これはよからぬ出来事への伏線なのではないだろうか。

怖いお兄さんたちの顔が、突然瑞希の背後に浮かび上がる。

「心配しないの。ヤクザみたいな人は出てこないから」

「げっ」

駿介はのけぞった。

やはりこの女性占い師、ただ者ではないのではあるまいか。

「ね、食べにいこう。おごってあげるから」

瑞希は軽いノリでなおも誘う。

「い、いやいや。そんなことをしてもらう理由が……て言うか、まだお仕事、はじめられたばかりじゃ」

駿介はなおも狼狽《ろうばい》した。

駿介にとっては今日はもう終わりだが、こういう職種の人たちは、遅くまでこういう場所でお客を占うものではないのか。

「いいのいいの。今日はお客さん来なさそうだし。ね、つきあってよ。ただでまだ占ってあげるからさ」

とまどう駿介を、そう言って瑞希は強引に誘った。

「ただで……」

つくづく俺はこういう誘いに弱いのだなと情けなくなった。なんだかんだと言いながら、おごってあげるという言葉にも激しく揺らいだ。

こうして駿介は思わぬなりゆきから、出逢ったばかりのミステリアスな占い師と一緒に飲むことになったのだった。

瑞希はすごい腕を持つ占い師だった。

話してもいない駿介の趣味——サッカーやプロレス観戦が好きだとか、大学時代、少し演劇をやっていたこともあるとかいうことまで、空恐ろしい鑑定力でズバズバと指摘した。

そして飲むほどに、酔うほどに、さらに瑞希は駿介のことをあれこれと見抜き、ついにこうまで言ったのだ。

——ねえ、星野くん、きみ……私みたいなムチムチした女、大好きでしょ。

駿介は啞然《あぜん》とした。

そのとおりなのだからぐうの音も出ない。

彼はあんぐりと口を開けて瑞希を見た。

そんな駿介に「ムフフ」と笑い、瑞希はついに言ったのだ。

——好きにさせてあげようか、このむっちり熟女。酔っ払ったらしたくなっちゃった。安心なさい。ほんとに怖いお兄さんなんて出てこないから。

3

「ああ、み、瑞希さん。んっ……」

……ピチャ。

「ハアアァァン」

むしゃぶりつく、という言いかたがふさわしかった。

パンティのクロッチに指をかけると、クイッとそれを脇にやる。

中から露出したのは、見事なまでの剛毛繁茂。懐かしい由依の裸身を思いだし、駿介はますます鼻息を荒くした。

いやらしいマングローブの森の下であだっぽい眺めをさらすのは、早くも発情していた熟女ならではの牝肉《めすにく》だ。

肉厚のラビアが大陰唇の中から飛びだして、べろんと左右にめくれている。

ピンク色の膣《ちつ》粘膜が、すでに露わになっていた。

蓮《はす》の花の形に開花した膣園がねっとりと潤み、甘酸っぱい牝臭を生温かさとともにふりまいている。

「ああ、いやらしい。はぁはぁ。んっんっ……」

……ピチャピチャ。ねろん、ねろん。

「んはあぁ。あっあっ。アン、だめ。あっあっ。ハアァァン」

健康的な太腿を二本とも抱えこみ、陰毛だらけの秘丘に口を押しつけた。

飛びださせた舌をめったやたらに躍らせて、品のない粘着音も高らかに駿介は瑞希のワレメをこじる。

「アァン、エッチな子……好きなのね、マ×毛の濃い女……しかも私、お尻もおっきいしね。あっあっ。ハアァァァ……」

「はぁはぁ……瑞希さん。んっんっ……」

……ちゅうちゅぱ。ピチャ。

「あああああ」

瑞希はそのままの格好ではいられず、よたよたと前のめりの体勢で前進した。

膝立ちの駿介は瑞希の太腿を抱えたまま、そんな熟女のあとにつづく。

「アアァン……」

瑞希は部屋の壁に両手をつき、ようやくバランスをたもった。

「くうぅ、瑞希さん」

そんな女占い師に、もはや遠慮も会釈もない。

駿介は性急なクンニリングスをやめると、大きな尻に両手を伸ばし、瑞希の股間からパンティをずり下ろす。

「アン、だめぇぇぇ……」

「おおお、エロい……」

今さら「だめ」もないものだとは思ったが、もちろん突っこまない。

パンティの中から露出したのは、はちきれんばかりに張りつめた見事なデカ尻。内にひそめた得も言われぬ旨みをアピールする、熟れごろの水蜜桃のようないやらしいヒップが、駿介の眼前に現れる。

まさに、圧倒的だった。

見ているだけでペニスがうずいた。

欲望は正直だ。スラックスの股間には、まるで突っぱり棒でもしたかのように、窮屈なテントが張られている。

勃起《ぼっき》が下着とズボンを押しあげ、ジンジンと痛みさえ放っていた。

「はぁはぁ……瑞希さん……」

駿介は熟女占い師の下半身からパンティを脱がせた。背後に立ちあがり、ふるえる指をスラックスに伸ばす。

ベルトをゆるめ、ボタンをはずしてファスナーを下ろした。

スラックスを脱ぐ行為自体がもどかしい。ぎくしゃくした感じで、下着のボクサーパンツごと、ズルリとスラックスを脱ぎおろす。

――ブルルルンッ！

「まあ……」

こちらに尻を突きだしてはいたが、駿介の動きは逐一チェックしていたらしい。彼がスラックスを脱ぐなり、瑞希はうしろをふり向いて、チラッと彼の股間を見た。

そしてすぐさま、驚いたように目を見開く。困惑した様子で顔をもとに戻し、モジモジと態度に窮したように身をよじる。

（やっぱり驚くかな、俺のち×ぽ）

ペニスを見せるやいなや、こんな風になるのは、もちろん瑞希がはじめてではなかった。

会社の同僚もそうだったし、忘れられない恋人の由依も、目をぱちくりさせてとまどった。

無理もないかもとは、正直思う。

隆々とそりかえった男根は、軽く十五、六センチはあった。その上、長いだけでなく、胴回りも太く、見た目もすごい。

たとえるなら、掘りだしたばかりのサツマイモのよう。ゴツゴツとした土臭さを感じさせ、まがまがしい野性味をかもしだしていた。

どす黒い幹の部分に血管が、赤だの青だののグロテスクな色をアピールしながら浮き出している。

先端の亀頭がぷっくりとふくらみ、松茸《まつたけ》の傘さながらの張りだし具合で肉傘を凶暴に広げていた。

亀頭はいやらしい暗紫色に充血している。張りつめた肌をパンパンに突っぱらせ、あえぐように尿口をひくつかせる。

「ああ、瑞希さん。俺、もうだめです」

自分で言うのもなんだが、こんなに勢いよく勃起したのも久しぶりだった。天を向く鈴口は、今にも下腹部とくっつきそうにまでなっている。

「あぁン、星野くん……ハアァァ……」

腰をつかんでこちらに引っぱり、ヒップと股間を完全にさらさせた。

背後に近づいて位置をととのえる。猛《たけ》りくるう一物を片手にとり、ぬめる膣穴に押しつけて、一気呵成《いっきかせい》に──。

──ヌプッ！

「うあああぁ」

──ヌプッ！　ヌプヌプヌプッ！

「あああぁ。あああああ」

「うおお、瑞希さん……ああ、すごいヌルヌル！」

ググッと股間を突きだせば、駿介の勃起は苦もなくにゅるんと熟女の膣に飛びこんだ。

熟女の淫肉は、奥の奥までたっぷりと潤んでいた。

本能にみちびかれるがまま、ズブズブと根元まで陰茎を埋めれば、瑞希の膣は十分すぎる快適なぬめりで、あっけなく根元まで極太を呑《の》みこむ。

「アァン、すごい……きみ……ちょっと……反則じゃない……あああ……」

瑞希は挿入の電撃に背すじをそらせ、壁についた手はおろか、小刻みに全身をふるわせた。

そうしながらこちらに向かって横顔を見せ、色っぽい声でなじるように言う。

「えっ？　瑞希さん……」

「こんなにおち×ぽ、おっきかったなんて……アハァ……すごく、奥まで……おっきいち×ちん刺さってるン！」

「おお、瑞希さん。瑞希さん」

……ぐぢゅる。

「うああああ」

とろけきった肉壺《にくつぼ》は、ただ挿入しているだけでも鳥肌が立つような快さ。まだ動いてもいないのに、下手をしたら暴発してしまいそうだ。

そんな予感におののいた駿介は、いよいよカクカクと腰をしゃくった。女性占い師を、バックから荒々しく犯しはじめる。

「あっあっ。あああ。すごい。すごいすごいすごい。おち×ぽ、すごい奥まで。あああ。うああああ」

「はぁはぁ。はぁはぁはぁはぁ」

膣奥深くまで、硬くなった肉スリコギでかき回され、瑞希は我を忘れて獣の快感によがり泣く。

先ほどまで見せていた占い師としての神秘さも、年上の女としての矜持《きょうじ》もかなぐり捨て、生殖本能に狂乱する卑猥《ひわい》な牝と化してハレンチな声をあげる。

「瑞希さん、おおお……」

「ハアァァン」

駿介はブラジャーに手を伸ばした。

背中のホックを音を立ててはずせば、ようやくラクになったとばかりにたわわな乳房が露わになる。

ブラジャーのカップは勢いよくはじき飛ばされた。

「ああ、や、やっぱり大きい」

たゆんたゆんと重たげに揺れるおっぱいに、駿介はますます鼻息を荒くした。

背後から身体を密着させ、はずむ巨乳を両手でつかむ。

「あああン、星野くん。あっあっ。アアァァン」

……もにゅもにゅ。もにゅ。

「おおお、やわらかい。最高です、瑞希さん」

「うあああああ」

Gカップ、九十五センチ程度はある豊乳は、とろけるようなやわらかさ。

熟女ならではの、プリンを思わせる感触で、まさぐる駿介の浅黒い指を苦もなく乳の中に沈ませる。

乳首はどんな感度だと、駿介は指を伸ばした。左右の乳芽を二つ仲よく、スリッと擦《こす》って乳輪に倒す。

「ンッヒイィィ」

瑞希の反応は過敏そのものだ。

発情し、かなり敏感になっているようである。いや、それとももともと、感じやすい体質なのであろうか。

「ヒイィン。ンッハアァァン」

ワイパーのように指を動かし、スリスリと乳首を左右にあやせば、そのたび占い師は我を忘れた声をあげ、熟れた女体をふるわせた。

「瑞希さん。すごく勃起してます。はぁはぁ……乳首、こんなに硬くして」

……スリスリ、スリッ。

「ンッハアァ。アァン、そうよ、勃起しちゃう。こんなおっきいち×ぽでオマ×コかき回されたら、気持ちよくって乳首勃っちゃう。ああン、気持ちいい！」

「おおお、瑞希さんっ！」

――パンパンパン！　パンパンパンパンパン！

「うあああ。星野くん。星野くん。ああ、とろけちゃうン。ハアアァ」

ぬめる淫肉の快さは、あっけなく駿介を腑抜《ふぬ》けにした。膣ヒダと肉傘が擦れあうたび、火花の散るような快感がひらめく。

ひと抜きごと、ひと差しごとに気持ちよさが強まった。どんなにアヌスをすぼめても、爆発衝動が度しがたいものになってくる。

「おおお、瑞希さん。しゃ、射精します。もう出ちゃいます！」

「ヒイイ。ハアァァン」

くびれた細い腰を両手でつかみ、怒濤《どとう》の勢いで腰をふった。

ケダモノそのもののピストンマシーンとなって、連打連打で鈴口を、ぬめる子宮にえぐりこむ。

駿介の股間と大きな尻が、生々しい爆《は》ぜ音をひびかせて激突した。

「あああ、気持ちいい。星野くん、ち×ぽ気持ちいい。気持ちいい。あああぁ」

前へ後ろへ、前へ後ろへと、ムチムチの裸身を揺さぶられ、快感の叫びをほとばしらせて、爪《つめ》で壁をかきむしる。

量感あふれるおっぱいが、釣り鐘のように伸びていた。

駿介が肉尻に股間をたたきつけるたび、たっぷたっぷと跳ねるようにはずんでは、乳首で股間にジグザグのラインを描く。

（もうだめだ！）

「うあああ。あああ。星野くん、気持ちいい。もうだめ、イッちゃう。イッちゃうイッちゃうイッちゃうイッちゃう。ああああ」

「で、出る……」

「あっああああっ。あああああああっ‼」

――どぴゅどぴゅどぴゅ！　びゅるる、どぴゅどぴゅっ！

ついに恍惚の雷が脳天から駿介をたたき割った。頭の中はおろか、視界まで真っ白になり、駿介はしばし意識を失う。

……ドクン、ドクン。

そんな彼の耳に、やがて届いたのは雄々しい陰茎の脈動音だ。

実際にそんな音が聞こえるはずはないのに、たしかに駿介は精液をまき散らす男根の拍動を聞いた気がした。

「あぁン……すごい……こんな、ことって……んああっ……」

「あっ……瑞希さん……」

駿介はようやく瑞希に意識が向いた。

見れば性器でつながった熟女もまた、ビクビクと派手に裸身をふるわせて、アクメの悦《よろこ》びに酩酊《めいてい》している。

駿介は許しも得ずに精液を、膣奥深くに注ぎこんでいた。ズッポリと根元まで膣に刺さった陰茎が、何度も膨張と収縮をくり返す。そのたび男根を丸呑みした小さな穴が極限まで皮を突っぱらせてはもとに戻る。

「あ、ああ……入って、くる……ハァァン、星野くんの、精子……いっぱい……いっぱい……んはあぁ……」

「おおお……」

とろけきった顔つきで、なおも全裸の美熟女は恍惚感に酔いしれた。潤んだ瞳《ひとみ》が艶めかしくきらめき、半開きの朱唇からは熱い吐息と唾液《だえき》がこぼれる。

射精はなかなか終息しなかった。

駿介は天に顔を向け、何度も愉悦のため息をこぼして、ついに最後のひと搾りまで、瑞希の子宮にザーメンを塗りたくった。

第二章　美人妻の秘密

1

「落ちましたよ」

駿介は心で快哉《かいさい》を叫んだ。

これを千載一遇のチャンスと言わずして、なにをかいわんやだ。

やはり瑞希の言うとおり、神様が応援していてくださるのかもしれない。

そう思いながら、その人の落としたハンカチを拾う。

「あ、すみません」

ふり返った美熟女は、駿介の差しだしたハンカチに恥ずかしそうな笑顔になる。

ショッピングモールの化粧室近く。

たった今、そこから出てきたその人は、バッグからハラリとハンカチを落としたのである。

どうやって近づいたらよいものかと、途方に暮れていたところだった。駿介は一も二もなく小躍りし、いよいよ奸計《かんけい》を実行に移す。

「ありがとうございます」

その美熟女――杉崎貴世《すぎさきたかよ》、三十四歳は申し訳なさそうに挨拶《あいさつ》をし、駿介からハンカチを受けとろうとする。

すらりと細身の美女だった。

若いころはファッション雑誌の読者モデルをしていたこともあったというが、さもありなんという感じの美しさとスタイルの良さである。

アーモンド型の美麗な瞳は、ややつり目がちだった。すっと鼻筋がとおり、ちょっぴり気位が高そうに感じさせる。

そのくせ唇は、ぽってりと肉厚だ。ふるいつきたくなるようなセクシーな魅力に富んでいる。

色白の美貌は卵形で、ほれぼれするほど小顔だった。そんな小さくて形のいい顔を、明るい栗色をした髪が波打つようにいろどっている。

その毛先は肩のあたりにあった。ふわふわと綿菓子のように毛先が揺れ、そんなところにまでなんともいえない色香がある。

「すみません、ありがとうございます」

貴世はもう一度言って、駿介の差しだすハンカチに手を伸ばした。

「いえいえ、とんでも……あっ」

駿介はそんな貴世にハンカチを渡そうとする。そして、ひとつのハンカチを二人で持ったそのときだ。

駿介はビクンと身体をふるわせ、当惑した顔つきになってみせる。

「えっ。な、なにか……？」

駿介に、眉《まゆ》をひそめて貴世が聞いた。

もちろん貴世は、駿介に自分の名前を知られているなどとは思ってもいない。彼女にとってはたった今、はじめて出逢ったばかりの見知らぬ男である。

「あ、い、いえ」

さあうまくやれよと、駿介は自分に発破をかける。

こんな風に演技をするのは、大学以来のこと。

昔取ったきねづかと言えばたしかにそのとおりだが、学生演劇止まりの演技力であることも事実である。

駿介はガチガチに緊張しながらも、それを悟られないように必死でもあった。

「すみません。なんでもありません」

あわてて取りつくろったような笑顔になってみせながら、駿介は貴世にハンカチを渡した。

「は、はあ……」

スレンダーな熟女は薄気味悪そうにしながらも、駿介からハンカチを受けとり、ぎこちない挙措でバッグにしまう。

胸もとにふくらむのは、ほどよい大きさの乳房。バストサイズは八十センチ、Ｃカップぐらいのおっぱいではないだろうか。

「じゃあ失礼します」

駿介は折り目正しく挨拶をし、貴世の前を去ろうとした。

「あっ。ありがとうございました」

貴世はそんな駿介に恐縮して会釈をし、彼とは別の方向にそそくさと歩きはじめた。

「…………」

駿介はしばし、そのまま歩く。

ややあってピタリと止まり、ふり返った。

貴世はコツコツとヒールの音をひびかせて遠ざかっていく。

（行け）

心で自分にＧＯサインを出し、脱兎《だっと》のごとく駆けだした。

見る見る貴世に追いつく。

美熟女は軽いウェーブのかかった栗色の髪をフワフワとひるがえらせ、足を速めかけたところだった。

「あの」

「きゃっ」

うしろから肩をたたいて呼びとめた。

驚いたらしい貴世は小さく悲鳴をあげ、あわててこちらをふり向く。駿介に向けられた顔は驚いてこわばり、大きく目を見開いていた。

「な、なにか」

貴世は警戒心を露わにして駿介に聞く。人妻が防衛本能を露骨なまでに剝《む》きだしにするのも無理はなかった。

なにしろ今のところ、駿介は彼女のハンカチを拾ってやっただけの、どこの馬の骨ともしれない男なのだ。

「あ、いえ……どうしようかな……」

そんな貴世に、駿介は逡巡《しゅんじゅん》してみせた。この期におよんでも躊躇《ちゅうちょ》している演技をし、チラチラと貴世の顔を見る。

貴世は駿介を薄気味悪そうに見て、両手でバッグを抱きかかえた。

「あの……えっとですね」

駿介は思わせぶりなたっぷりの間のあと、いよいよ貴世に話しかけた。バッグを抱きすくめる人妻の力が強くなる。

「驚かないでくださいね」

「……えっ」

眉をひそめる貴世の顔には「なにこの人。うさんくさい」と思いきり書かれていた。駿介は苦笑しそうになりながら、渋面の演技をつづける。

「あの、じつは」

「…………」

あたりをはばかるようにキョロキョロと見てから、声をひそめて駿介は言った。

「私……ちょっと特殊な力を持っているんです」

「……はっ？」

貴世の声が大きくなった。こいつはやはり怪しいと心でアラームが鳴りだしたらしいことは火を見るよりも明らかだ。

「大きな声を出さないで」

駿介は貴世を制した。

真剣な顔で美熟女を見つめ、心配そうにしてみせる。

「……？　あ、あの……」

「あなたがハンカチに触れたとたん、ビリビリって、電気みたいにイメージが頭に飛びこんできたんですけど」

眉間《みけん》に皺《しわ》を寄せてこちらを見る貴世に、駿介は言った。

「もしかして、あなた……あの……相手はご主人かな……ＤＶとか、受けていませんか」

「──っ!?」

案じる口調で問いかけたとたんだった。

貴世は大きく目を見開き、信じられないものでも見るような顔つきで、まじまじと駿介を見た。

よし、いけるぞ。

駿介は心で確信を抱いた。

——ねえ、星野くん。よかったら、私の仕事、手伝ってくれないかしら。

瑞希からそう誘われたのは、彼女とはじめて関係を持ったあの夜のことだ。行為のあとのピロートークの中で、瑞希はいきなり、そう切りだしたのだ。

(はじまりましたよ、瑞希さん)

驚く貴世に紳士的な苦笑を返しながら、駿介は心で瑞希を思った。

必死に余裕の態度を見せてこそいたが、心臓はすぐにでも破裂してしまいそうなほどバクバクと鳴っていた。

2

(やっぱりこの人、本物の霊能者だわ)

心の中で、貴世は感嘆しながらうめいた。向かいの席に座る一見平凡そうな青年に、後光が差したかのような気さえした。

たった今、駿介と名乗る不思議な霊能者は、貴世が誰にも告白したことのない、ディープな秘密をあっさりと見抜いたのである。

——ご主人とは、もうとっくにセックスレスでしょ。そうだな……二年ぐらいにはなるんじゃないですか。

駿介は目を閉じ、遠くにあるなにかを引きよせようとするような顔つきになって、貴世に言った。

セックスレスであることも本当なら、期間的なこともどんぴしゃり。

貴世は駿介のたしかな能力に神々しささえ感じながら、言葉もなく彼を見つめ返した。

「……当たっていますか」

心配そうに駿介が聞いてくる。

「は、はい」

貴世はあわててうなずいた。

ふだんは入ることもないような、ちょっと高級なシティホテル。その一階のラウンジに二人はいた。

平日の午前中ということもあり、客はまばらである。

「ほんとにすごいんですね、駿介さんって」

決して世辞ではなく、心からの驚きとともに貴世は言った。コーヒーカップに伸ばそうとした指が、ふるえていることに気づく。

「いえ。すごいかたはもっとすごいです。私なんて、さほどのものでは」

駿介は謙遜《けんそん》し、弱々しく微笑んで上品にコーヒーをすすった。

人間とは、不思議なものである。

一度心を許してしまうと、相手のどんなしぐさにすら、思いもよらない好感を抱いてしまう。

長いこと、一人孤独を抱えながら生きてきた身にはなおさらだった。

貴世のことをあれもこれもと見抜き、すべてに的確なアドバイスをしてくれる。そんな不思議な年下の若者に、貴世はあっけなく心酔し、早くも信者になっていた。

駿介と知りあってから、まだ二週間ほどしか経っていなかった。はじめて出逢ったのは、ショッピングモールの化粧室の近くだった。

貴世が夫から暴力を受けていることに、すぐにこの若者は気づいた。なんなのこの人と驚きながら、モール内にあるカジュアルなカフェの席に向きあった。

最初は半信半疑だった。

当たりまえの話である。

だが駿介と言葉を交わすうち、貴世は見る見る彼に夢中になりはじめた。霊視によって指摘されるあらゆることが、あまりに事実そのままだったからだ。

貴世が夫と結婚をしたのは、今から三年前のこと。

社内結婚だった。

中堅商社の事務職として働いていた。

入社年次としては後輩なのに、営業部員の一人として頭角を現しはじめた男性と恋に落ち、熱烈に求められるがまま、彼の妻になった。

それが今の夫、杉崎である。

だが、幸せに思えた期間は、長くはつづかなかった。

夫は酒が入ると人が変わった。毎晩のように飲んで帰り、仕事だぞ文句あるかと悪びれもしなかった。

営業マンとしては優秀で給料も悪くなかったが、そのほとんどを、杉崎は自分の自由にした。

手渡される生活費は、雀《すずめ》の涙だった。夢中になって抱いてもらえたのも、最初の内だけだ。

――つまらないんだよ、おまえみたいな変な女を抱いても。

貴世が誰にも言えずにいたコンプレックスを知ると、杉崎は残酷なまでの露骨さでそれを糾弾し、あからさまに嫌悪した。

暴力もふるうようになった。

その上、平気で外に女を作りはじめた。まるで、もうおまえにはうんざりなんだよと、貴世に見せつけるかのようにして。

結婚と同時に寿退社をした貴世は、そんな夫の理不尽な仕打ちに必死に耐えつづけた。

新婚早々、一年でセックスレスになったことも、コンプレックスが関係しているせいで友人にも相談できずにきた。

もちろん、離婚だって考えた。

だが、もう一歩が踏みだせずにいた。

自分みたいな女は、離婚したところでもう誰にももらってなどもらえないだろうという劣等感が、貴世を絶望的な気持ちにさせた。

そんな人妻の渇ききった心に、出逢ったばかりの若者は見る見る鮮烈な潤いを与えた。

駿介の言葉のひとつひとつが、貴世の心に染みこんだ。

この人は、私のこれまでのことをなんでも知ってくれている。だったらこれからのことも、ひょっとしたら教えてくれるのではないだろうか。

そう思うと、知らない間に駿介への依存心はころがる雪だるまのように肥大した。

もっと当てて。もっと私を驚かせて。つらくてせつない私、もっともっと見せつけて――。

気づけばどこかマゾヒスティックな感覚で、貴世は若者の一言一句に耳をそばだてていた。

そんな人妻と駿介の対話も、今日で三回目。

ついに貴世は「やはりこのことも知っていたんだ」と驚きや感激とともに、駿介の能力に敬虔《けいけん》なものをおぼえた。

「そう……そのとおりです」

貴世はうつむき、思わず顔が熱くなるのを感じながら答える。

「じゃあ……もう二年も、さびしい思いを」

駿介は貴世に同情するように、眉をひそめてこちらを見つめ返した。

「はい」

貴世が小さくうなずくと、駿介は向かいの椅子に背中をあずけ、同情するようにため息をこぼした。

「ひどい旦那《だんな》さんですね。かわいそうに」

「そんな……」

貴世は心を揺さぶられる。

この二年間、誰にもこんな風に寄りそってなどもらえなかった。

瑞希と名乗る占い師のもとをときどき訪れ、いろいろと相談をしたり、かわいがってもらって一緒に飲んだりはしていたが、はっきり言ってここまでディープな打ち明け話は、彼女にだって恥ずかしくてしていない。

いつもベロンベロンになるまで酔っぱらい、いっときの憂さを晴らすだけだった。いや、それだけでも十分ありがたく、瑞希には感謝していたが。

だから、こんな風に寄りそってもらえると、今にも涙が出そうになった。

そして「ねえ、もっと言って。もっと指摘して。知っているんでしょ、私のこと」といっそうドMな思いになり、おののきながらもさらに「その先」まで求めたくなる。

すると、そんな貴世の複雑な思いに、まさに駿介は応《こた》えようとするかのようだった。

「貴世さん、気にすることなんてないですよ」

「えっ？」

コーヒーにそっと口をつけ、唇を湿らせて駿介はなにかを言おうとする。

貴世は身を乗りだし、次につづく言葉を待つ。

「……っ!?」

「貴世さんは悪くない。こういうことですよね、つまり……」

駿介は目を閉じ、濃い霧の中からなにかをたぐり出そうとするような顔つきになって、しばし口をつぐむ。

「こんなことを言っては失礼かもしれないけど、貴世さんを苦しめているコンプレックスが関係していることでしょ」

「――っ!!」

貴世はもう言葉もなかった。

のけぞるように駿介から距離をとり、小さく口を開けて彼を見る。

視界がかすんだ。

鼻の奥がツンとする。

熱いものが両目からあふれ、火照った頬を伝いはじめた。

「そんなこと、気にしなくていいんです」

駿介はソフトな口調でささやいた。包みこむようなやさしい笑顔に、貴世は心も身体もとろけてしまいそうになる。

どうしようと思った。涙のせいでなにも見えない。

「気にしなくていいんです」

もう一度、駿介は言った。

「私は……そんなコンプレックスに押しつぶされそうになっている、貴世さんを抱きしめたくてたまらないです」

ああ、誰か。

貴世は身も世もなく号泣した。

これほどまでにあっけなく年下の若者に引きずりこまれてしまう自分を、もはやどうすることもできない。

(あっ……)

そして貴世は不意に思いだしたのだ。

夜の路地裏。

ミステリアスな女性占い師。

ある晩たしかに、あの人は言った。

——救世主が現れる暗示があるわよ。その人は、あなたを闇《やみ》から救いだしてくれる。ほんとよ。

（救世主）

指で涙をぬぐい、嗚咽《おえつ》しながら貴世は駿介を見た。

救世主はハンカチを取りだし、やさしく微笑みながら、そっと貴世に差しだした。

3

「しゅ、駿介さん、ちょっとエアコン、強い……アァン……」

「気にしないで。隠す必要ないんです、貴世さん。開きなおって。んっ……」

「で、でも。あ、んあっ、はぁぁん……んっんっ……」

……ちゅぱちゅぱ。ちゅう。

駿介は貴世と二人、ベッドに倒れこんでいた。カーテン越しに明るい日差しが客室の中に差しこんでくる。

先ほどまで、一階のラウンジを利用していたシティホテルの高層階。

二人はホテルのデイユースを利用して、ツインルームにチェックインをした。

ベッドが二つと、壁際に小さなテーブル、椅子が二脚。

あとは部屋に備えつけの細長いデスクや、コンパクトな液晶テレビが目につくぐらいのシンプルな客室。

駿介と貴世は、開放的な窓に近いほうのベッドにもつれあっていた。

まだランチの時刻にもなっていない時間帯。

世の中のほとんどの人が真面目《まじめ》に働いているというのに、こんなところで魅力的な人妻とキスをしている自分が不思議だった。

（ほんとにこんなことになっちゃうなんて）

とろんとした顔つきで唇を捧げる人妻とねちっこい接吻にふけりながら、駿介は今さらのように、この展開に驚いていた。

言うなれば、自分は瑞希の傀儡《かいらい》にすぎない。

だが駿介を手足のようにあやつる謎《なぞ》の占い師のシナリオは、恐ろしいほどの的確さで、彼女の思い描くストーリーのとおりになっていた。

私の仕事を手伝ってほしいの——。

瑞希はそう言って、彼女が画策していたという驚くべき裏仕事を駿介に任命した。

ひと言で言うなら女占い師の目的は「あの人の言うことはやはりめちゃくちゃ当たる！」と客たちを、さらに心酔させることだった。

瑞希のもとに足しげく通って相談を持ちかけてくるリピーターの客たちをいっそう自分の信者にさせ、友人や知人たちにも宣伝をさせて、ますますがっぽり儲《もう》けようという魂胆なのよと、瑞希はニンマリと口角をつり上げた。

貴世は、そんな瑞希が金づるターゲットとして目をつけた哀れな生贄《いけにえ》だった。

何度も瑞希のもとに通ううち、貴世はあれもこれもと自分に関するかなり私的なことまでも、女占い師に打ち明けるようになっていた。

それらの個人情報の中には、本人が話したことさえ忘れているものもあった。

瑞希に誘われ、一緒に飲んだ席でつい酒におぼれて自分を見失い、へべれけになりながら、涙混じりに話した告白も含まれていたのである。

駿介は瑞希に貴世を指名され、彼女に近づいてあるはかりごとを実行に移すよう命じられた。

それは――なんでもズバズバと的中させる霊能者として貴世を信じこませ、彼女がコンプレックスを抱いている「ある秘密」を解消させること。

――もちろんただでとは言わないわ。きみだっていろいろと、いい思いができるわよ。

瑞希は言った。

――それなりのギャラは払うし、そんじょそこらではお目にかかれない美人の人妻とムフフなこともできる。星野くんにしてみたら、一挙両得みたいな話じゃないの。

自分で頼みこんできておきながら、恩着せがましく瑞希は言った。

そして駿介は、そんな瑞希の悪だくみにあきれながらも、彼女と気心を通じあわせてしまった弱みもあり、断ることもできないまま、片棒を担ぐことになったのだった。

貴世に関する情報は、かなりディープな部分まで、あまさず瑞希がインプットしていた。

駿介はあらかじめ瑞希からレクチャーを受けた上で、そのシナリオにしたがって行動をしていた。

最初は「そんなにうまくいくのかね」と眉に唾していたものの、いざことがはじまると、意外や意外、貴世はおもしろいほど駿介にのめりこみ、向こうのほうから急激に距離をちぢめるようになった。

――今回で片をつけるわよ。こういうことは、いつまでもダラダラとつづけていてもボロが出るとかして、ろくなことがないからね。

今日駿介は、瑞希にそんな風に厳命されてこのホテルに来たのだった。

相変わらず、貴世への罪悪感はぬぐいきれていない。

だがそうであるにもかかわらず、一人の人妻を愉快なほど意のままにできるちょっとした全能感に、正直駿介はほの暗いサディズムもおぼえるようになっていた。

「さあ、貴世さん……」

ねっとりとしたキスでひとしきり官能を高めあった。駿介は貴世に手を伸ばし、着ているものを脱がせていく。

今日の貴世は白いブラウスと花柄のロングスカートといういでたちだ。

三十四歳の人妻の楚々《そそ》とした魅力を、上手に引き立てるセンスのいい服を着こなしている。

「はうう……駿介さん、恥ずかしい。や、やっぱり、暑いです……」

貴世は恥じらいながらも、覚悟を決めていたようだ。

駿介にされるがまま協力をし、一枚ずつ服を剝《は》がされて、きめ細やかな肌を彼の目にさらしだす。

（ああ……）

ブラウスを脱がし、ロングスカートも下半身からむしりとった駿介は、思わず心中で嘆声をこぼす。

熟れごろの時期に達した人妻の美肌は、ほれぼれするほど白かった。

そんな貴世の美しい肌が、いやらしい行為をはじめたせいで早くも薄桃色にゆだってきている。

すらりと伸びやかな肢体は、ため息が出るほどのスタイルの良さ。

手も足もすらりと長く、スレンダーなボディは、それでも出るところが出て引っこむところが引っこんだ、エロチックな凹凸も惜しげもなく見せつける。

乳房と股間を包みこんでいるのは、スカートと同様、可憐《かれん》な花柄をあしらった白っぽい下着である。

胸もとも、股のつけ根もこんもりと、ほどよいまるみを見せて艶めかしく盛りあがっている。

目にするだけでゾクゾクと昂ぶらされる、美貌の熟女の半裸身。

だが、下着姿の貴世に強い印象を与えているのは、じつはそれらの要素だけではない。

（もう、こんなに汗をかいて）

駿介はまぶしいものでも見ている気分だった。目を細め、眼前に横たわる人妻の身体をうっとりと見下ろす。

「あぁン、駿介さん。どうしよう。ハァァン……」

貴世は早くも美肌から、汗の微粒をにじませていた。

たしかに部屋の中には、わざと強めに暖房を効かせていたが、それにしてもこの汗のかきかたは、やはりいささか尋常ではない。

――すごく汗をかいてしまうんですって、貴世さん。

瑞希は駿介に、淫靡な打ち合わせの席でそう耳打ちをした。

貴世本人が、泥酔した勢いで涙ながらに打ち明けたものの、酔いから醒《さ》めたあとは告白したこと自体忘れてしまっている、究極のトップシークレットだ。

——セックスをして興奮しはじめると、汗のかきかたが異常になるらしいの。でもって、それと同時に感じかたも、尋常じゃなくなってしまうんですって。とにかく汗を手はじめに、汁という汁がスタイル抜群のナイスボディから噴きだしてくるらしいのだと、瑞希は教えてくれた。

そんな貴世の体質に辟易《へきえき》した夫が、やがて彼女を忌避するようになり、露骨にさげすむようになったことも。

——だからさ、そんなの全然恥ずかしくないんだって、励ましてあげてよ。本人にしてみれば大袈裟《おおげさ》じゃなく、生きるか死ぬかの大問題だと思うのよね。

瑞希は駿介にそう命じ、茶目っ気たっぷりにウィンクをした。

——そんなこと、気にしなくていいんだって、いい気持ちにさせてあげて。そうしたら、貴世さんはハッピー。ついでに私の評判も爆上がりで、こっちもハッピーハッピーって寸法よ。ウフフ。

そして瑞希は、嫌味を言うことも忘れなかった。

——でもって、きみもハッピーなんだからなんの問題もないでしょ。ねえ、ないわよね。でしょでしょ。んん？

（まあ、否定できませんけどね）

駿介は自分の弱さと醜さ、いやらしさに苦笑しつつ行為をつづけようとする。

「貴世さん、すごい汗」

毛穴という毛穴から汗を噴きださせ、キラキラときらめかせる美人妻に、ついうっとりとなって駿介は言った。

「い、いや。言わないで。恥ずかしい……」

「あっ……」

はずかしめるつもりは毛頭なかった。

だがやはり、貴世にしてみれば最大のコンプレックス。泣きそうな顔で美貌をゆがめ、駿介に背を向けてまるくなる。

露わになった肉づきの薄い背すじにも、噴霧器で霧でも吹きかけたかのような、セクシーな微粒が無数に噴きだしていた。

駿介はつい、海辺で輝く美しい砂たちのまばゆさをそこにかさねた。

「恥ずかしがることないんです。言いましたよね」

すばやく自分も着ているものを脱ぎすてる。ボクサーパンツ一丁の姿になりながら駿介は言った。

パンツの股間部は、すでに思いきりテントを張っていた。

今にも布が裂けんばかりの突きあげかたで、内側から亀頭が形をくっきりと浮きあがらせている。

「で、でも」

駿介に背を向け、いたたまれなさそうにまるくなったまま、貴世は声をふるわせた。

駿介はそんな美熟女の背後に自らも横になる。

「アン……」

「大丈夫。貴世さんの旦那さんはひどい人です」

そう言うと、駿介はさらに貴世に近づいた。艶やかな背中に首を伸ばし、口からネチョリと舌を飛びださせる。

ぬめり光る汗粒をすくいとるような舐《な》めかたで、貴世の背すじをねろんとひと舐めしてみせる。

「アアァン」

（すごい感じかた）

肩甲骨と肩甲骨の真ん中あたりを舐めると、貴世はビクンと背すじをそらし、とり乱した声をあげた。

汗をかきはじめると、肉体の感度もあがりだす体質だとは聞いていた。だがその姿をまのあたりにすると、やはりこちらも昂ぶりが増す。

「ほんとにひどい。貴世さんが汗をかくからって、なんだって言うんですか。んっんっ……」

……ピチャピチャ。れろん。

「うあああ。アアン、駿介さん。駿介さん。あっあっ」

「汗なんてどんどんかけばいい。全部舐めてやる男だっていますよ」

「んあああああ」

背中を舐めれば舐めるほど、貴世は激しく昂ぶり、ビクン、ビクンとその身をふるわせて悩乱した。

やはり相当感じるのか。

舐められるのをいやがるように身をよじり、ベッドをずって駿介から距離をあけようとする。

しかし駿介は許さなかった。

4

「ああ、貴世さん」

「きゃあああ」

あばれる人妻を拘束し、ベッドにうつぶせにさせた。

そんな女体におおいかぶさり、自分の身体を重しにして、れろれろ、ぺろぺろと、なおもしつこく貴世を責める。

背中のいたるところをぺろぺろと舐め、腰へ下り、さらに下降していく。

「あぁン、舐めないで。だめです、だめ。あぁ、恥ずかしい。汗が……汗……ハァアアン……」

「はぁはぁ……おお、貴世さん……」

駿介の舌責めに、貴世はおもしろいほど反応した。

舌を擦りつけ、ねろんと跳ねあげるそのたびに、ビクンとその身をふるわせて、感じる電撃の強さを訴える。

しかも、噴きだす汗はまさに無尽蔵のよう。

舐めるはしからあらたな汗が、ぶわり、ぶわりと噴きだして、最前よりさらにぐっしょりとその部分をぬめり光らせる。

（こいつはすごい）

身体中から一気に汗を噴き、シャワーでも浴びたように全身濡《ぬ》れねずみになっていく美人妻に、駿介は鼻息を荒くする。

「あぁン。だめぇぇ……」

「はぁはぁはぁ」

パンティに指をかけ、ズルリと尻から下降させた。

すると、下着の下に隠れていたヒップまでもが、汗の微粒を無数ににじませ、艶めかしく濡れそぼっている。

もちろん汗は、太腿にも、膝の裏にも、ふくらはぎにも噴きだしていた。

たしかにこの汗のかきかたはふつうではない。貴世がコンプレックスをおぼえ、夫の残酷な言葉や仕打ちも相まって、苦しみをおぼえるようになっても無理はないかもしれなかった。

だが今日の駿介のミッションは、そんな貴世に元気と勇気を与えること。そしてそんなことなら、お安いご用だと駿介は思った。

行為に興奮して汗をかく美人――はっきり言って大好物である。なによりも、禁忌な秘密を共有できる特別な人間になれた優越感がたまらない。

「おお、貴世さん」

「ヒイィ。あぁン、だめ。駿介さん。あはあぁ……」

下着を完全に足から脱がせた。

長い美脚をコンパスのように割ってポジションを確保し、汗ばむ双臀を鷲づかみにする。

「あああ。ぅあああああ」

乳でも揉むように、もにゅり、もにゅりと尻肉を揉みしだいた。

そうしながらふたつの尻を左右に割り、谷間の底がチラチラと見え隠れするような真似《まね》をする。

……くぱっ。くぱあ。

「あぁン、いや。そ、そんな揉みかた。いやいや。ハアァァ……」

「おお、いやらしい。貴世さん。お尻の穴がまる見えですよ。分かりますか。ほら……」

「ハァアン、だめ。んっあぁぁ……」

くぱっと尻肉を左右に割れば、尻渓谷の底からは淡い鳶色《とびいろ》をした肛門が卑猥な姿をさらした。

皺々の肉のすぼまりは、持ち主同様恥じらって、いかにも自信なさげである。

ヒクヒクとあえぐようにひくついては、収縮と弛緩《しかん》をくり返した。

見れば尻の谷間にも、汗の微粒が噴きだしている。

くっついた汗粒が大きな玉になり、谷底のアヌスへと、あちらからこちらから滝のように流れ落ちていく。

「くぅ、貴世さん。お尻の穴までこんなに濡れています。はぁはぁ」

「ヒィィ。そんなこと言わないで。やっぱり恥ずかしいです……」

感激して口にする言葉は、思わず責め道具になった。

そんなつもりは断じてないのだが、ひとつだけ言えることがある。

駿介は、このかわいい人妻にもっともっと汗をかかせ、恥ずかしがらせてみたくなっていた。

「ほら、こんなに濡れて。肛門に汗の汁が溜《た》まっています。んっ……」

……れろん。

「あああああ」

谷間の底に舌を突きたてた。すると貴世の喉《のど》からは、この日いちばんの金切り声がとどろく。

気持ちいい、気持ちいいの、と喜悦するかのようにして、舐めほじられた鳶色の秘肛が、ヒクン、ヒクンと収縮した。

「ああ、舐めないで。そんなところ。うあ。うあああ」

「はぁはぁ、貴世さん、いやらしい。お尻の穴が、気持ちよさそうにあえいでいますよ。それに……ああ、すごい汗。んっんっ……」

……ピチャピチャ。れろん。れろん。

「あああ。うあああああ。ああ、だめ。そんなことされたら。そんなことされたら。ハァアン、駿介さん。ああ、お尻……お尻、お尻、お尻。うあああああ」

——ブシュ！

（えっ）

駿介はハッとした。

水鉄砲のトリガーでもひいたかのように、きらめく水の塊が淫靡な擦過音とともに股間から撃ちだされる。

「た、貴世さん。なにか飛びだしてきましたよ」

ゾクゾクと、猥褻《わいせつ》な気分をさらに逆撫《さかな》でされる気分になった。

駿介は背すじに鳥肌を立て、貴世の尻から身を起こす。そのまま人妻も、四つんばいの格好にさせた。

「ああ、知らない。知りません。はあぁ……」

「知らないわけないじゃありませんか。んん？」

恥じらってかぶりをふる人妻の美貌は、見れば真っ赤になっている。

羞恥《しゅうち》にふるえながらも淫らな激情を抑えられない美人妻に、男ならいきり勃たないわけがない。

（いやらしいオマ×コだ）

獣の体位にさせ、ググッと尻を突きださせた。

小ぶりながらも形のいいヒップはもちろん、いよいよ究極の恥部までもが、駿介の眼前にさらされる。

こんもりと盛りあがるヴィーナスの丘には、ひかえめな秘毛の繁茂があった。

セクシーに縮れた陰毛は、栗色の明るい髪とは色合いが違い、黒檀《こくたん》さながらの深い色を見せつける。

陰毛もまた、しっとりと濡れていた。おそらく乾いた状態のときより、いっそう黒みは増しているはずだ。

色っぽいウェーブを描く髪の毛と、ゴワゴワとした縮れ毛の落差にも、駿介は強いエロスを感じる。

しかもエロチックなたたずまいは、縮れ毛のせいばかりではない。燃えあがる火焔《かえん》の形状を描く絹毛の下には、貴世のイメージを軽やかに裏切るケダモノじみた女陰がひかえていた。

ふっくらとふくらむ大陰唇から、ぴょこりと二枚のビラビラが飛びだしている。

不意をつかれる生々しい眺めは、殻からはみだす貝肉を思わせた。

ラビアは二枚とも、かなり肉厚だ。

その上べろんとめくれ返り、満開の百合の花のあだっぽさを彷彿《ほうふつ》とさせる。

牝園はすでに開陳されていた。露わになったピンクの粘膜は、ぬめぬめと粘りに満ちたただごとではなさをアピールしている。

(すごい濡れかただな)

期待はしていたが、淫肉のぬめり具合は事前の想像をあっさりと凌駕《りょうが》した。

半分に切断したレモンをつかみ、ギュッと握りつぶしたときのよう。

泡立つ汁が柑橘《かんきつ》系のアロマとともに粘膜いっぱいにあふれ、ところどころ白濁してさえいる。

「おお、貴世さん」

こんな猥褻なものを見せつけられては、男はたまったものではない。

しかも貴世は――。

（湯気まで出ている）

汗まみれの裸身はおろか、ぱっくりと開いた女陰からも、ゆであがったばかりの旨そうな生き物さながらに、ほかほかと湯気をあげていた。

身体から湯気があがる眺めを目にするのも稀有《けう》だが、牝肉から湯気が出ている光景も珍しい。

ゆげまん――。

湯気をあげる女陰に、駿介はふと、そんな言葉すら脳裏に浮かべた。

「こ、ここですよね、貴世さん」

衝《つ》きあげられる思いで、駿介は貴世を責めたてる。

「あぁン、駿介さん……」

「ここでしょ。今、ここからエッチな汁を噴いたんですよね」

声を上ずらせて言うと、駿介はそろえた指で、ぬめるワレメを上へ下へと緩急をつけて擦り立てた。

……ぐちょ。ぬちょ。

「うあああ。ああ、やめて。それだめ。それだめです。うあああああ」

(くぅ、すごい声)

発情した牝肉のとじ目をあやされ、貴世はますます我を忘れた。

プリプリと尻をふり、顔と上体をベッドにつんのめらせて、尻だけをあげた格好で、獣そのものの声をあげる。

「うああ。うああああ」

——ブシュ！　ブシュブシュ！

「おお、エロい。マ×コを擦っただけで、貴世さん、また潮がこんなに」

「だって。ああ、だってそんなとこ擦ったら。うああ。うああああ」

駿介は秘割れと同時にクリ豆までしっかりと擦り立てた。

汗だくの美女を狂乱地獄に突き落とす。

「あああ。ああああああ」

移動途中の尺取り虫のようになった人妻は、はしたない悦びに我を忘れた。

ぬめる恥肉を擦過するたび、ブシュブシュと、えげつない音を立てて透明な飛《ひ》沫《まっ》があたりに飛びちる。

世にも色っぽい尺取り虫は、上へと下へと尻をバウンドさせ、そのたび膝まで浮かせながら淫らな歓喜に陶酔する。

――ブシュ！　ブシュブシュ、ブシュ！

「あああぁ。おかしくなっちゃう。もうやめて。あああああ」

「おお、いやらしい。久しぶりでしょ、貴世さん。こんなにいいの、久しぶりですよね。そら。そらそらそら」

……スリスリ。スリスリスリ。

「うあああ。どうしよう。どうしよう。ああ、駿介さん。あああああ」

「言ってください。久しぶりでしょ」

引きつった声をあげて狂乱する人妻から、ぜがひでも屈服の言葉をもぎとりたかった。

駿介はさらに力を強め、クリトリスの擦過をつづける。

「あああぁ。あああああ」

「貴世さん、久しぶりでしょ。んん？」

――ブシュブシュ、ブシュブシュブシュ！

「あああ、久しぶり。こんなの久しぶりなの。ほんとにおかしくなる。あああ」

ついに貴世ははしたない本音を口にした。

ベッドの布団に顔を押しつけ、くぐもった吠《ほ》え声で「ああ。あああああ」ところえようもなく快感を露わにする。

「気持ちいいんですね、貴世さん？　そらそらそら」

「うああ。気持ちいい。久しぶりなの。気持ちよくっておかしくなる。ねえ、汗かいちゃうよう。汁いっぱい出ちゃうよう。いいの？　ねえ、いいの？」

「いいよ。出しなさい。好きなだけ出せばいい。そらそらそら」

――ブシュブシュブシュ！

「うああ。気持ちいいよう。うれしいよう。駿介さん、もうだめ。ああ、イッちゃう。イッちゃうイッちゃうイッちゃうイッちゃう。あああああっ」

……ビクン、ビクン。

「おおお。貴世さん……」

――ブシュッパアァァ！

「アン、いやぁ……」

貴世はついに恍惚の絶頂に突きぬけた。

稲妻に貫かれでもしたかのように、ベッドにつっぷす。

本人はそんなことに気づく余裕もないだろうが、その姿は、まるで踏みつぶされたカエルのようだ。

膝を立て、踏んばっていた両脚を、そのまま左右に投げだしていた。

スマートな美女がしていいものとも思えない、品のないガニ股姿になってしまっている。

「あ、あああ……」

両手を上へと投げだしたM字開脚姿で、貴世はビクビクと痙攣《けいれん》した。

ふるえるたびに力んでしまうのか、そのたびピンクの膣園からは、新たな潮が小便のように、ピューピューと飛びだしてベッドを濡らした。

5

「ああ、こんなの、久しぶり……ううん……はじめて、かも」

「貴世さん……」

なおも身体を痙攣させながら、とろけきった表情と声で貴世が言った。

あだっぽくふるえる薄桃色の肌からは、なおも汗が噴き出して、シャワーでも浴びたようになっている。

「さあ、もっともっとよくしてあげますよ」

駿介はそう宣言し、貴世の身体から、最後に残っていた花柄のブラジャーをとった。

自らはボクサーパンツを脱ぎ、二人して生まれたままの姿になる。

「ほら、貴世さん」

「アァアン……」

ぐったりとつっぷす美熟女をナビゲートし、ベッドから起こした。

「――ひっ」

ふと駿介の股間に目をやった人妻は、驚いたように目を見開く。

そんな貴世に応えてやるかのようにして、駿介はひとふり、ビクンと勃起肉をしならせた。

「ああ、駿介さん」

駿介はベッドに仰臥《ぎょうが》し、人妻を自分の上に四つんばいにさせた。

丸だしにさせたおっぱいは、やはりほどよいふくらみだ。下向きになっても長く伸びることもなく、やわらかそうなまるみもそのままに、肉のさざ波を乳肌に立てて揺れる。

先端をいろどるのは、いくぶん濃い目の鳶色をした乳輪と乳首であった。乳輪も乳首もひかえめに感じられる大きさで、万事均整のとれた肉体のパーツとして、いかにもという風情である。

もちろんおっぱいも、すでに汗を噴きださせて濡れていた。

「おお、貴世さん……」

獣の体位でおおいかぶさった人妻の身体から、軒を打つ雨滴さながらにバラバラと、汗のしずくがしたたり落ちる。

こんな体勢で向かいあったら、自分がずぶ濡れになるのも時間の問題だなと駿介は心中で苦笑した。

「さあ、これがほしいですよね」

身体をひとつにつなげる準備は、もうととのった。

ズキュズキュとうずくほどの昂ぶりをしめす股間の勃起を手にとり、角度を変えてあたりをつける。

探りあてた膣口はびっしょりと濡れていた。

駿介はあおるように、いじめるように、スリスリとぬめり肉に亀頭を擦りつける。

……グチョグチョ。ヌチョヌチョ！

「あああ、駿介さん。もうこれだけで気持ちいい。気持ちいい、気持ちいい。ああ。あああああ」

「貴世さん。おおお……」

まだ合体もしていない状態だった。それなのに貴世は天にあごを突きあげ、淫らな快感を口にする。

（また潮が）

しかも、またしても貴世は淫孔から潮をしぶかせていた。軽快な擦過音を立てながら潮が噴きだし、膣口とたわむれる亀頭めがけて、あたたかな汁を浴びせかける。

「駿介さん。うああ。ああ、ゾクゾクするンンン。ああああ」

「い、挿《い》れてほしい、貴世さん？　ねえ、これ、挿れてほしい？」

駿介は言いながら、なおも亀頭を濡れ粘膜に擦りつける。

……グチョグチョグチョ。ヌチョヌチョヌチョ！

「うあああ。い、挿れてほしい。ねえ、挿れて。早く挿れて。ああああああ」

やせ我慢をしながらの駿介の責めに、貴世は我を忘れて哀願した。

早く早くとせがむかのように動きをあわせて腰をふり、自分からペニスを挿入しようとする。

そんな卑猥な動きにあわせ、なにかたいせつなものが壊れてしまったかのように、美妻の膣からはピューピューとさらなる潮がしぶきを散らす。

「なにを挿れてほしいの、貴世さん。ねえ、なにを」

人妻への責めは両刃の剣だ。膣粘膜に擦りつける亀頭から、甘酸っぱい快美感がひらめく。

口の中いっぱいに唾液が沸きかえり、ググッと奥歯を噛《か》みしめれば、さらに大量の唾液が分泌される。

「あああ、駿介さん。挿れてよう。ねえ、挿れてよう。ああああ」

「なにを。貴世さん、なにを」

「あああああ。おかしくなるぅ」

「貴世さん」

「ち、ち×ぽ。駿介さんのおっきいち×ぽおおおっ」

とうとう貴世は、はしたない卑語まで口にした。

ぬめり光るずぶ濡れ美女のきめ細やかな肌から、汗の雨が、さらにバラバラと降りそそぐ。

「おお、貴世さん」

「ち×ぽ挿れて。ねえ、ち×ぽちょうだい。おっきくて硬いち×ぽ挿れてほしいの。ねえ、挿れて。挿れてえええっ」

「くうぅ……」

――ヌプッ！　ヌプヌプヌプッ！

「うぐぅあああああっ」

「おお、貴世さん……」

ねだる貴世の勢いにあおられ、駿介はついに肉棒を膣奥深くまでえぐりこんだ。

猛る亀頭が子宮口へと思いきりめりこんだのが分かる。

そのとたん、貴世はズシリとひびく低音のよがり吠えをほとばしらせ、今度は駿介の身体の上にはじけ飛んだ。

「おう。おう。おおう」

「た、貴世さん……」

ビクビクと汗まみれの裸身を痙攣させ、貴世は人には聞かせられないはしたないうめき声をもらす。

大量の汗がオイルのようになり、貴世の身体がヌルッとすべった。駿介はあわててそんな熟女を抱きとめる。

やわらかな乳房が、駿介の胸に圧迫されて艶めかしくつぶれた。しこった乳首が炭火を思わせる灼熱《しゃくねつ》感とともに、彼の胸に食いこんでくる。

「くぅぅ、貴世さん。貴世さん！」

……バツン、バツン。

「あああ。ああ、駿介さん。駿介さん。ああああああ」

貴世はアクメのショックから、まだ完全には抜けきっていなかった。

しかし駿介はもう我慢できず、腑抜けのようになった女体をかき抱き、怒濤の勢いで腰をふる。

（ああ、気持ちいい）

熟女妻の蜜壷は、美肌以上にヌルヌルだった。

挿れても出しても、とろけるような感触でペニスを持てなし、駿介までをも腑抜けにさせる。

肉傘とヒダヒダが擦れあい、甘酸っぱさいっぱいの快さが火花を散らした。

子宮にヌポッと亀頭を突きさせば、いいのいいのと喜悦するかのようにして、子宮がキュキュッと亀頭を包みこんでは艶めかしく揉みほぐす。

しかも――。

「ヒイィン。ンッヒイイィ」

（イ、イキっぱなし……）

汗の噴きだしかたもすごかったが、発汗すると肉体の感度も高まるという貴世の反応は、たしかにすごかった。

これがあの人妻かと思うほど、別人のような声をあげる。

駿介に抱きすくめられたまま、電気拷問の刑にでもあっているかのごとく、たえまなく裸身を痙攣させる。

「あうあう。あうあうあうあう」

「おお、貴世さん。気持ちいい。もうイクよっ！」

――パンパンパン！　パンパンパンパン！

「アッギィィン。ンヒィィ。んぐぅおおおっ！」

（す、すごい声）

ぐったりと脱力していた貴世の身体に、また少しずつ、耽美《たんび》な力がみなぎってきた。

人妻は自分からも駿介の裸身を抱き返し、動きにあわせて前へ後ろへと狂ったように腰をしゃくる。

「んぐあああ。あっあああああっ」

「はぁはぁ。はぁはぁはぁはぁ」

……ぐぢゅ。ぬぢゅ。ぬちょり。

性器と性器が擦れあう部分から、スプーンでハチミツをかき回すような、重たげな粘着音がひびいた。

貴世が潮を垂れ流しているらしく、駿介の股間には失禁でもしてしまったかのように、たえずぐっしょりと生温かなぬめりがまつわりつく。

(もうだめだ)

どんなに我慢をしようとしても、もはや限界だった。爆発衝動が高まり、駿介の全身に粟粒《あわつぶ》さながらの鳥肌が浮きあがる。

「おおう。おおおう。気持ちいいよう。気持ちいいよう。駿介さん。駿介さん駿介さん駿介さん駿介さん。うおおう。おおおおおうっ」

「貴世さん、出る……」

「うおおおおっ。おっおおおおおおっ!!」

——びゅるる！　どぴゅ！　どぴゅどぴゅどぴゅどぴゅ！

ついに駿介もクライマックスを迎えた。

びしょ濡れ熟女を抱きすくめ、その激しい痙攣ぶりを生々しく感じながら、ドクン、ドクンと怒張を脈打たせ、征服の証《あかし》を膣奥深くにぶちまける。

「おう。おう。おう。おう。おう」

またしてもアクメに吹っ飛んだ貴世は不様な声をあげ、絶頂のカタルシスに酔いしれた。駿介の肌とぬめる美肌が擦れあい、ニチャッ、ニチャッと粘る肉ずれ音をひびかせる。

(気持ちいい)

駿介は目を閉じ、しばし射精のエクスタシーに酩酊する。

三回、四回、五回——沸点を超えた極太が雄々しい脈動をくり返し、我が物顔で人妻の膣奥にドロドロの子種を粘りつかせる。

「お、おう……おおう……ああ、すご、い……おおう……」

「貴世さん……」

ようやく貴世も、歓喜の極みからこの世に帰還した。

なおも不随意に汗みずくの裸身をふるわせつつも、そのしぐさには、ふたたびいつもの貴世らしさが、そこはかとなくただよいだす。

「わ、私ったら……はうう……すごく……恥ずかしい姿を……」

「いいんです。ステキでしたよ」

「ああ……」

恥じらう貴世を抱きすくめ、心からの思いとともに駿介は断言した。

力の限り抱擁され、貴世は感極まったようなため息をこぼし、自分からも彼に抱きついてくる。

「旦那さん、やっぱり間違っています」

そんな貴世に、駿介は言った。

「駿介さん……」

とまどったように、貴世が応ずる。

「汗をかいたり、潮を噴いたりしながら幸せそうにしてくれる貴世さん、とっても魅力的でした。なにが悪いって言うんですか」

「はうう……」

「恥ずかしがることない。コンプレックスなんて感じることない。胸を張って生きていけばいいんです。俺には見えますよ、幸せそうに笑っている、未来の貴世さんが」

「しゅ、駿介さん。えぐっ……」

元気づけながら貴世の身体を揺さぶる駿介に、ついに人妻は嗚咽しはじめた。

「ありがとう。ほんとにありがとう。ひぐっ……」

しゃくりあげながら駿介を抱き返し、こらえきれずに泣きじゃくっては彼に顔を擦りつける。

駿介はじっと、そのままでいた。

泣きたいだけ、泣かせてあげようと思った。

（終わりましたよ、瑞希さん）

よかったんですかね、本当にこんなことをしてと、心で瑞希に語りかけた。

駿介の中で女占い師は「ウフフ」と笑い、おどけた調子でウィンクをした。

第三章　獣に堕《お》ちた未亡人社長

1

――うん、そうね。多分、この人だと思う。布美子《ふみこ》さんの人生を百八十度変える福の神だと私が言ったのは。

（この人が、福の神）

寺尾《てらお》布美子は、なじみの女占い師からささやかれた言葉を、思わず心中で反復した。

思わず知らず、その若者を見る視線にいちだんと熱さが増していく。

「どうしました」

（あっ……）

心にさざ波を立てていた。

そんな三十九歳の未亡人に、対面の席で食事をしていた青年は、キュートな笑みとともに聞く。

「ううん、なんでもないの」

(かわいいわ)

布美子はあわてて青年から顔をそむけ、フォークとナイフを動かした。

おいしいフレンチレストランを知っているからと、自ら案内したオススメの店。

いつもなら相好をくずして食べる逸品の数々も、今日ばかりはさすがに味が分からない。

高級感あふれる店内は、今夜も満席だった。

互いに十分距離のとられたそれぞれの席で、さまざまな人々が料理と酒、会話を楽しんでいる。

(落ちついて、布美子)

いい歳《とし》をして浮き足だつ自分を、心で布美子は叱咤《しった》した。

これでももうすぐ四十路《よそじ》を迎える大人の女。

しかも、結婚だって一度している。

それなのに、気づけばそわそわと落ちつきをなくし、目の前の若者に心をうばわれていた。

歳を聞いたところ、布美子とは十歳も違う。

もしかしたら、この駿介という若者にしてみたら、自分などおばさん以外のなにものでもないかもしれなかった。

だが、そんな風に思うと意外なほどせつない。

自分の人生を百八十度変えてくれる福の神——瑞希の言葉を思いだし、またも布美子はキュンと胸をうずかせた。

（それにしてもこの子……こんなにおとなしそうな顔をして、本当なの？）

他愛《たわい》もない雑談をして笑いながら、布美子はさりげなく若者を盗み見た。

駿介という名の若者は布美子と冗談を交わしながら、ルビーの色をした高級ワインを、口に含んで嚥下《えんか》した。

布美子が夫を失ったのは、五年前のこと。

曾祖父《そうそふ》の代からの不動産業を営む、布美子より十五も年上の男だったが、病魔に身体をむしばまれ、一年間の闘病生活の末、この世を去った。

二人に跡継ぎはいなかった。布美子は夫の跡をついで社長に就任し、亡夫が遺した事業に邁進《まいしん》した。

もともと夫の営む不動産会社で働いていて、みそめられた仲だった。

仕事についても会社についても知識はあったし、自分で言うのもなんだが、夫の生前から懐刀のようにして経営のアドバイスをしてきていた。

布美子が社長に就任してから、会社の業績はさらにあがった。

もともと二十名ほどだった社員数も、ついに今年は二倍にまでなった。

近隣の同業他社の間では、布美子はちょっとした、話題の経営者にすらなっていた。

夫が遺した資産もそれなりのものだった。

現金や多額の株式に加え、個人的に所有するマンション、ビルなどの建物も、両手で数えきれないほど全国に所有していた。

食べることには困らなかった。

もちろんそこには、この五年間の布美子自身の血のにじむような努力もある。

生活は無事に軌道に乗っていた。

だが布美子は、つねにむなしかった。

仕事をしている間は忘れることができたが、一人になるといつも決まって、深い虚無感にとらわれた。

夫を失った悲しみと痛手は、人が思う以上に大きかった。

美人で金持ち。

社会的ステイタスも高い未亡人の布美子にはさまざまな男が群がってきたが、布美子はどんな男にも心を開くことができなかった。

夫以上の男など、どこにもいない――確信を持って言えるほど、夫の存在は圧倒的だったからである。

紳士然とした顔をして美辞麗句を並べる男たちと澄ました顔で会話をし、気の乗らないデートをしながら、いつも心で、布美子は彼らに問いかけていた。

――ねえ、あなた。あなたは私を満足させられる？　多分無理だと思うわよ。こんなにスケベなマゾ牝を、心から満足させられる自信があって？　正直、そんなケダモノには、あなた、とても見えないのよね……。

そう。

布美子はマゾだった。

会社では厳しい女性経営者として辣腕《らつわん》をふるい、情けない男どもを叱《しか》り飛ばすことがあったし、私生活でもさばさばした男勝りの女としか見られていなかった。

布美子の秘密の素顔を知っているのは、亡夫だけだった。布美子は夫にだけ、誰にも見せることのない自分を正直にさらした。

夫は外では紳士だったが、夜のしとねではドSな暴君と化した。

ときにはSM的なプレイまでして布美子に君臨し、マゾ牝の妻を毎夜のように燃えあがらせ、恥辱の涙と随喜の愛液を流させてくれた。

あんな男、そうそうどこにでもいるわけはない。

そう思っていた。

ところが、そんなある日のことだった。今からひと月ほど前である。

古くからの友人の女性と、久しぶりに飲みに行った。

懐石料理と日本酒の一次会のあと、以前知人に教えられ、また利用したいと思っていたバーに彼女をさそった。

駿介は、その店に一人で酒を飲みにきていた。

もちろん声をかけられるまで、その存在は眼中になかった。

ところが、友人が化粧室に行くため、席をはずしたときである。

いきなり駿介は、布美子に近づいてきた。

そして、真剣な表情で言ったのだ。

——失礼ですが、俺ならできると思いますよ。

「……は？」

シングルモルトをストレートで飲んでいた布美子は、突然声をかけてきた若者に、思わず眉をひそめた。

薄暗く、細長いバーのいちばん奥のテーブルで飲んでいた。若者はそんなところにやってきて、布美子にささやいたのである。

「俺ならできると思います」

「……な、なんの話をなさっているの」

やぶから棒のちょっかいに、警戒心を最大限にして布美子は言った。

するとその若者はチラチラとあたりを気にし、さらに声をひそめて布美子に言ったのだ。

「俺ならあなたを、心から満足させてあげられると思います」

「………………はっ？」

「ケダモノだった旦那さんに負けないぐらい、ドMなあなたをね」

「──っ!!」

布美子は仰天して目を見開いた。

若者はそんな布美子に一枚の名刺を渡し、そのまま店をあとにした。

『霊視鑑定　駿介』

布美子が目を落とした名刺には、それだけしか書かれていなかった。

あとは、携帯電話の番号だけである。

霊視鑑定――。

ということは、あの若者はひょっとして霊能者ということか。

同じ店で出くわした見知らぬ熟女の心の声を聞き、コンタクトをとってきたというのか。

(私、そんなに強く、はしたないことを思っていたのかしら)

布美子は顔を熱くして、ことここに至る一部始終を脳裏によみがえらせた。

たしかに酒に酩酊し「ああ、男がほしいわね」だの「でも、私に似合いの男なんて、結局どこにもいるわけないし」だのと、心でこっそりとため息をついていた。

(そ、それを、読んだというの)

はしたないひとり言を盗み読みされてしまったかもしれない現実に、布美子はますます顔を熱くして恥じらい、同時に驚きもした。

世の中には、本当にこんなにすごい人間がいるものなのだろうか。

そして結局、渡された名刺を手に一週間近く、布美子は逡巡することになった。かかわらないほうがいいに決まっていると、心の中には強い警告を発しつづける自分がいた。

だが、もう一人の布美子は、どうあっても好奇心を抑えきれずにいた。

ネットで調べても、駿介に関する情報はまったく出てこなかった。

こういう種類の人間たちは、不用意にネットなどには情報をさらさないのかもしれないと布美子は思った。

知らない間に、強く、強く、若者に惹かれるようになっていった。

その結果、ついに彼女は名刺に書かれていた番号をコールしたのである。

それから二日後。

布美子の前に、ふたたび駿介が現れた。

再会した若者は、あの夜と同じ、おとなしそうな雰囲気のままだった。

だが彼と食事をするうち、布美子はまたも、いろいろと驚くことになったのである。

自分に関する情報などなにひとつ与えてはいないのに、駿介は信じられない正確さで、あれもこれもと布美子の個人情報を的中させ、またしても——。

「満足させてあげますよ。試してみませんか」

ねっとりと、粘りに満ちた眼光とともに、女社長をあらためて誘ったのである。

布美子は狼狽した。

この子すごいわと、畏怖の思いで賞賛する気持ちとともに、こんな異能の男とかかわってよいのだろうかという不安も鎌首をもたげた。

足を踏みいれてはいけない世界に、好奇心にみちびかれるがまま、引きずりこまれてしまいそうになっていた。

どうしたらいいのかしら。

悩んだ布美子は懇意にし、足しげく通う女性占い師に相談を持ちかけた。

瑞希という名のミステリアスな占い師は、布美子が渡した名刺を手にとり、じっと見つめた。

布美子が青年からさりげなく聞いた生年月日を伝えると、万年暦を開いて十干十二支を書きとめ、真剣な顔つきで調べたあげく――。

――うん、そうね。多分、この人だと思う。布美子さんの人生を百八十度変える福の神だと私が言ったのは。

真剣な顔をして、布美子にそっと告げたのだった。

ほんの少し前、瑞希のもとに立ちよって気楽に占いを頼んだとき「福の神が現れる暗示が出ているわよ」と、女占い師は言ったのだった。

それからさほど経たないうちに早くも起きた、驚天動地の展開。

これで気持ちは固まった。いや、正直に言うなら瑞希には、背中を押してもらいたかっただけかもしれない。

決心は、とっくにできていたのだ。

瑞希との会話は心の整理もかねていた。

こうして布美子はあらためて駿介に連絡をとり、今夜を迎えたのである。

2

「いいんですか、布美子さん。ごちそうさま」

支払いをすませて夜道に出ると、駿介は恐縮して布美子に頭を下げた。

「とんでもないわ。私のほうからお願いして、会っていただいているのだもの」

布美子はそう言って微笑み、駿介と肩を並べて夜道を歩きだす。

（さあ、私をどうするつもり）

なんでもないふりをしながらも、淫らな期待を隠せなくなっていた。

心臓が早鐘のように鳴り、股のつけ根の卑猥な肉湿地のぬめりかたも、早くも平時の比ではなくなっている。

「星がきれいね」

駿介と肩を並べて歩きながら、布美子は空を見あげた。満天に輝く星が、いつもよりやけに光って見える。

「ですね。ほんとにきれいだ」

駿介も夜空を見あげ、目を細めて同調した。

隠れ家的な雰囲気を持つフレンチレストランは、駅へとつづく繁華街のはずれにあった。

メインストリートに出るまでには、少し夜道を歩かなくてはならない。

「でも」

足を止め、駿介がこちらを見た。

「今夜は……」

布美子はとくんと胸を鼓動させ、十歳も年下の青年を見る。

「……えっ？」

「今夜は、布美子さんのほうが星の何倍もきれいです」

「あっ……むんぅ……」

布美子は驚いて目を見開いた。

なんと大胆な男だろう。

かなり暗いとは言え、いつ誰がやってくるかも分からない夜の道。それなのに、駿介は堂々と布美子を抱きすくめ、熱烈に接吻をする。

「んっ、むンゥ……駿介、さん。こんなところで……んんむぅ……」

「こういうところだと、よけい興奮するくせに。んっ……」

「ああ、そんな……んっ、むあぁ……」

……ちゅっちゅ。ちゅぱ。ぢゅる。

（あああ……）

布美子は熱っぽく口をふさがれ、熱い鼻息を浴びせられて、たちまち身体を熱くした。

こんな風に強引に唇を奪われるだなんて、いったいいつ以来のことだろう。

夫を失って以来、誰にも身体を許さなかった。

そんな自分の肉体が見る見るとろけていきそうになるのを、期待に胸をはずませながら布美子は感じる。

しかも──。

──こういうところだと、よけい興奮するくせに。

たしかに今、駿介は言った。

まったくそのとおり。反論のしようもない。

壊れものでもあつかうように自分に接する世の男どもでは、絶対に望めない嗜《し》虐《ぎゃく》の言葉。

社会的に見れば、布美子はそれなりのステイタスを持つ成功者。おそれおおくて、たいがいの男は二の足を踏む。

それなのにこの駿介という霊能者は、布美子の社会的立場など歯《し》牙《が》にもかけなかった。

そんなもの、すべて幻だとでも言わんばかりの大胆さで、二人の境界線を越え、布美子の世界に不法侵入をはたしてくる。

「あぁん、駿介さ──」

「パンツを脱ぎましょう」

「……えっ」

聞き違えかと思った。キスをしながら、布美子は思わず聞き返す。

すると――。

「パンツを脱ぐんです。ほら」

「きゃっ」

いきなり腕をつかまれ、グイッと引っぱられた。

布美子はバランスをくずしかけ、たたらを踏む。けたたましいハイヒールの音が夜道にひびく。

「しゅ、駿介さん。あの」

「静かに」

「えっ。えっえっ。ああ……」

駿介に連れこまれたのは、並んで建つ古い雑居ビルの隙間《すきま》だった。闇がますます濃くなって、近くにいても互いの顔さえよく見えない。

「駿介さん」

「ほら、パンツを脱ぎましょうね、布美子さん」

「ええっ。ああ、ちょっと待って。駿介さ――きゃっ。あああ……」

駿介はおとなしそうな雰囲気を一変させ、大胆不敵な責め師になる。

闇の中で、布美子にハイヒールを脱がせた。

ビルの壁に熟女の背中を密着させる。

問答無用の荒々しさで、ストッキングとパンティを、未亡人の下半身から許しも得ずにずるりと剝く。

(嘘《うそ》でしょ)

暗闇が味方をしてくれているとは言え、まぎれもなく公共の場であった。

ひやりとした夜風を、まるだしにさせられた太腿と股のつけ根に感じる。布美子は乙女のように困惑し、羞恥にかられた。

「しゅ、駿介さん。待って……ねえ、待って」

「待ちません。俺は、布美子さんとの約束をはたすだけです。んっ……」

……れろん。

「きゃあああ」

ストッキングとパンティは、完全に足首から脱がされていた。

布美子にハイヒールをはかせ、下品に脚を開かせた青年は、不意打ち同然にクリ豆を舌でいきなり舐めはじく。

そのとたん、未亡人の喉からはあられもない嬌声《きょうせい》がはじけた。布美子はあわてて白い指でおのが朱唇を押さえつける。

クリトリスに舌を這《は》わされたとたん、稲妻のような電撃が股間から脳天に突きぬけた。

たまらず腰がぬけ、ストンと膝から落ちそうになる。

「はうう……」

「おっと」

そんな布美子の両脇に、駿介が手を差し入れた。へたりこみそうになった未亡人は、間一髪のところでそれを回避する。

「駿介さん……」

「このまま歩きますよ、布美子さん」

狼狽する布美子の耳に口をつけ、駿介はささやいた。

「えっ。こ、このままって」

「ノーパンのまま、ホテルまで歩きましょう。ときどき暗がりで、オマ×コを舐めてあげますからね。い・ま・み・た・い・に」

「あああ……」

思いがけない猥褻な予告に、布美子は身悶《みもだ》えしそうになった。

今味わったようなスリルと快感を、ホテルにつくまでまだ何度も体験できるのか――。

そう思うとそれだけで、舐められた秘唇からブジュブジュと、いけない汁が分泌した。

3

「ハアァァン、駿介さん。んっんっ。ムハアァ……」

(すごい。こんなに興奮して)

駿介は、布美子のとり乱しぶりに息づまる気持ちになった。

ラブホテルの部屋に二人きりになるや、またしても強引に彼は熟女の朱唇を奪った。

それだけで、もう完全にスイッチが入ったかのようだった。

高級ブランドのバッグを手からすべり落とし、駿介の首に腕を回して、布美子は自らグイグイと彼に口を押しつける。

「布美子さん。メチャメチャ感じていますね」

駿介はねちっこい声で布美子をあおる。

「ああん、駿介さん……」

「分かっていますよ。もっと俺に、いやらしいことをしてほしくてしてほしくて、どうにもならなくなってしまいましたね。んっ……」

「んはあぁ、しゅ、駿介さん。駿介さん。んっんっ。んっあぁぁ……」

……ちゅぱちゅぱ。ちゅう。

望むところだとばかりに、駿介も鼻息を荒くした。むさぼるかのような吸いかたで、肉厚の唇を吸い、口中に舌を差し入れる。

「むああ、駿介さん。とろけちゃう……」

「ほら、舌出して」

「ハアァアン……」

……ピチャピチャ、ピチャ。

(ああ、ち×ぽにキュンとくる)

駿介に乞《こ》われるがまま、女社長は舌を突きだした。

ローズピンクの長い舌を、未亡人は駿介の舌に品のない音を立てて擦りつけてくる。

（こいつはたまらん）

そのたびペニスが甘酸っぱくうずき、スラックスの布を内側から押しあげた。

駿介の肉棒は、もうとっくにビンビンだ。

早く解放してくれと吠えるかのような雄々しさで、スラックスの股間にテントを張り、亀頭の形を浮きあがらせる。

（それにしても、ほんとに瑞希さんの言うとおりだったな）

未亡人ととろけるような接吻にふけり、頭の芯《しん》をしびれさせながら駿介は思った。

瑞希のことを疑うわけではなかったが、半信半疑だったことは事実である。

正直それほどまでに、四十路間近の未亡人の裏の顔は、とうてい信じがたかった。

チェックインをするまで、予告したとおり何回も、駿介は濃い闇の中に布美子を引きずりこみ、恥じらう未亡人のスカートをたくし上げた。

もちろん下半身はノーパンだ。

こんなふうにして歩くのは生まれてはじめてだという布美子は、ノーパンで夜道を進むだけでも、落ちつきなくあちこちを見まわし、おびえたような顔つきになった。

しかしそれでも、やはり美熟女の中にはマゾ牝の熱い血が流れていた。闇の奥にいざない、スカートをたくし上げて女陰にむしゃぶりつけば、そのたび布美子の猥褻湿地はそれまで以上にネバネバとぬめり、濃厚なハチミツさながらの愛液を駿介の舌にまつわりつかせた。

もれでてしまう声を押さえようと両手を口に当て、必死に取りつくろう女社長は、あまりに魅力的だった。

なにかが壊れてしまったかのように卑しい汁をダダ漏れさせる淫肉と、懸命に自分を律しようとする持ち主のギャップに駿介は燃えた。

ホテルについたら容赦しませんよ――駿介がそう耳打ちすると、布美子は「ああ……」と恍惚とした顔つきになり、それだけで達してしまいそうになった。

「この人ね、ドMなのよ。もう完全なマゾ。自分で言ってるんだから間違いないわよね」

貴世につづくターゲットを布美子と決めた作戦会議の場で瑞希は言った。

もっとも「場」と言っても、正確にはまたラブホテルの部屋で組んずほぐれつしたあとの、ピロートークのときではあったが。

「そんな人には見えないけどね」

スマホの画面に映る布美子は、高価そうなスーツの上下に身を包み、凛々《りり》しげな笑みをこちらに向けていた。

自社のＷｅｂサイト。

その「社長ご挨拶」とかいうページにアップされていた画像。

化粧をとれば愛くるしい美貌なのかもしれなかったが、ばっちりとメイクを決めた顔立ちは神々しいまでにととのって、近寄りがたい気品とオーラを放っている。

「そんな人には見えないけど一皮剝けば、っていうのが人間なのよ」

占い師をやっているとよく分かるわけ、と瑞希は苦笑した。

「きれいな人でしょ」

じっとスマホの画面を見る駿介に、同意を求めるように瑞希は言った。

「まあね」

決して世辞ではなく、心からの感想を駿介は口にする。

貴世と同様、スレンダーな美女だった。

手脚が長く、スラリとしている。だが服の上から見ても、乳房はかなり豊満に感じられた。

「おっぱい大きい？」

「Fカップぐらいはあるんじゃない」

「すげえ」

駿介は嘆声をこぼす。

この美貌にこのスタイル。そして切れ者の女社長で未亡人。

ふつうの人間ならそうは持てない切り札をあれもこれもと持っている上、さらには巨乳でもござるときたか。

「男にはもてるわよ。蝶《ちょう》よ花よともてはやされる」

「だろうね」

「でも、本人はちっともうれしくないらしいけど。なにしろマゾだから」

「意味、よくわからないんですけど」

「これからくわしく説明するわ。でもただひとつ」

ベッドの中で、瑞希は駿介に言った。

「クイズよ。こんな完璧そうな美人でも、じつはコンプレックスがあります」

「え、また？」

思わず駿介は言った。

汗まみれで獣になり、随喜の涙を流した人妻の貴世を生々しく思いだす。

「さて、なんでしょう」

「そう言われてもなあ」

駿介はあらためて、まじまじと画像を見た。

社長用らしき、高価そうなデスクの向こうから品のいい笑顔を見せている。

少し垂れ目がちな二重の瞳が、濡れたように輝いていた。

すらりと鼻筋がとおり、微笑むせいでこぼれる白い歯は、色も並びも完璧と言ってよい美しさだ。

卵形の小顔に、やり手の経営者然としたショートボブの髪型。

こんな芸能人が、どこかにいそうな気すらした。

コンプレックスなど、どこをどう探してもありそうには思えない。

「コンプレックスがないのがコンプレックス、とか」

まんざら冗談ではなく、駿介は思いついた答えを口にする。

「んなわけないでしょ」

瑞希は鼻で笑って、駿介をあしらった。

「コンプレックスのない女なんていない。でも女っていうのは、おもしろい生き物でもあるのよね」

そう言うと、瑞希は意味深に目を細めて駿介に言った。

「気になるコンプレックスは、官能を高めてくれる最高の媚薬《びやく》でもあったりするの。貴世さんだけじゃないのよ、そういう女は」

「へえ……」

自信満々に言う瑞希を、駿介はうなずきながら見た。

そんな青年に占い師は、またニンマリと微笑んでみせたのであった。


「さあ、お風呂《ふろ》に入りましょう、布美子さん」

ねっとりとディープなベロチューにひとしきりふけると、ようやく美熟女の唇を解放して、駿介はさそった。

「シャワーを浴びてからエッチがしたいって言ってたでしょ」

「え、ええ。あぁン……」

激しいキスを交わしたせいで、さらに布美子はぼうっとなっていた。

もともとセクシーに潤んでいる瞳が、さらに淫靡にぬめり光っている。半開きの肉厚朱唇からは、はぁはぁと熱い吐息が絶え間なくもれていた。

「お、お風呂……お風呂は…………ひっ！」

部屋に入るなり、すぐさまその身体をかき抱いて、もの狂おしいキスにふけった。

部屋の中をよくたしかめることもできなかった布美子は、ようやく室内を見まわし、たまらず息を呑む。

「フフッ。そう、すごいでしょ」

目を見開いて風呂場を見つめる布美子に、駿介は声をかけた。

「全部まる見えなの、このラブホ。お風呂の中が」

「あああ……」

駿介の説明を聞き、布美子は明らかに動揺したように、くなくなと身をよじった。

柳眉《りゅうび》を八の字にし、思わず後ずさって、信じられないという顔をする。

浴室の中がまる見えのラブホテルの部屋なんて、そう珍しいわけではない。だがもしかしたらこの未亡人は、そんないかがわしい場所とは無縁で生きてきたのかもしれなかった。

（でも、こんなことで驚いていてもらっちゃ困るんだけどな）

今夜はこのマゾな美人をとことんはずかしめようと思って、このラブホのこの部屋をチョイスした。

通称「ラブホ通り」と呼ばれる、駅から少し離れた一角。隠しようのない怪しさをただよわせた街の片隅に、このホテルもあった。

そして、この部屋の特異さは、ガラス張りのバスルームだけではなかったのである。

「ほら、脱がせてあげますよ」

「きゃっ」

立ちすくむ未亡人に四の五の言わせなかった。

少しぐらい強引に、あれこれと進めたほうが効果的だというレクチャーも、この人をよく知る瑞希から事前に受けている。

4

「あぁん、駿介さん、恥ずかしいわ……」

「そういうのが好きなんでしょ。フフッ」

「そ、そんな。だめ。ハァァン……」

カーペットの敷かれた床に立たせ、駿介は次々と、布美子の肉体から着ているものを剝ぎとっていく。

今夜の女社長は、白いブラウスにピンク系のビジネススーツと、同色のタイトスカートといういでたち。

豊満な乳を包みこんでいたブラジャーの色は、先ほど闇の奥で強引に奪ったパンティと同色の深いパープルだった。

「ブラジャーもとっちゃいましょう」

「えっ。で、でも」

「だってお風呂に入るんですから。ほら」

「あああ……」

矢継ぎ早に服を脱がされる強引な展開に面くらいながらも、マゾの血が騒いでいるのは明らかだった。

本当にやめてほしければ「やめなさい！」と一喝すればすむ話。社会的ステイタスも雲泥の差なら、年だって十歳も違うのだ。

ところが布美子は、やめろとも言わなければこばみもしなかった。

思考をフリーズさせたようにオロオロと立ちすくんだまま、なすすべもなく駿介にされるがままになる。

「ほら、おっぱい御開帳ですよ～」

歌うように言い、駿介は布美子の乳房からブラジャーを取った。

すると、ブルンとダイナミックにはずみながら、いよいよFカップのおっぱいも白い照明光にさらされる。

「アハァン……」

（おお、すごい）

決して言葉にはしなかった。

だが駿介は、真綿で首を絞められるような息苦しさをおぼえつつ、露わになった三十九歳の裸身に感激する。

「あぁ、駿介さん。恥ずかしい……」

「恥ずかしいのが好きなくせに。ほら、隠さないで。よく見せて」

「で、でも」

「よく見せて」

「んああ……」

恥じらう熟女に強要すると、とうとう布美子は観念した。

何度も恥ずかしそうに乳と股間を隠そうとするも、駿介が小声で「こら」と怒ると、せつなげなため息をこぼして天を仰ぐ。

両手はなおも、あちらへこちらへと行ったりきたりした。だが、肝心な部分を隠そうとはもうしない。

（やっぱりすごい）

ここに来るまでパンティを脱がせたり、クンニリングスをしたりしたことで、ある程度は把握していた。

事前に瑞希から教えられていた情報もある。

だがやはり、生身の肉体から受ける官能的なインパクトは強烈だった。演技ではなく心からの賛嘆とともに、全裸の美熟女に視線とハートを奪われる。

「はうう……恥ずかしい……そんなに、見ないで……んああ……」

「おお、布美子さん。んっ……」

たまらず駿介は唾を呑んだ。

貴世の裸身も官能的だったが、今夜の相手である未亡人の肉体にも、男を虜《とりこ》にする魔性の魅力がある。

すらりと伸びやかな肢体は、コーラのボトルさながらのセクシーなS字カーブを描いていた。

全体的にスレンダーなため、ダイナマイトボディという形容は似つかわしくなかったが、細身であるにもかかわらず、そんな言葉が出そうになるのには理由がある。

（た、たしかに……おっぱいもお尻もメチャメチャ大きい）

息苦しくなるほどの昂ぶりをおぼえながら、駿介はうっとりと布美子の裸身に視線を釘《くぎ》づけにした。

まずはおっぱいだ。

鎖骨の下――白い美肌も艶めかしい胸もとから、ふっくらと得も言われぬまるみを見せつけて、二つの肉鐘が盛りあがっている。

巨乳であると同時に、美乳でもあった。

ぷっくりとふくらむ餅《もち》を思わせるおっぱいは、はちきれんばかりに張りつめてフルフルと肉をふるわせる。

まんまるないただきには小さな乳輪と、それとは裏腹に大きめな、サクランボのような乳首があった。

乳首はすでにガチンガチンに勃起している。

卑しいせつなさを満タンにして、見せつけるようにしこり勃ち、駿介めがけて突きだしている。

（いやらしいおっぱいだ。ああ、それに……！）

乳房だけでも、男心をそわそわさせる妖《あや》しい魅力に満ちていた。駿介はまたしても唾を呑み、そろそろと視線を下降させる。

今度は臀部である。

左右の腋《わき》の下から艶めかしく下降するボディラインは、腰に達するや、えぐれるようなくびれを見せて細くなっていた。

この年齢でこのくびれは、見事としか言いようがない。

しかも官能的なボディラインは、ここからさらに圧倒的ないやらしさを見せている。

（ううっ……）

駿介はあらためて目を見はった。

あり得ないほどの張りだしかたで、くびれから一転、ボディラインはダイナミックなまるみを描いて左右にU字カーブを描いている。

スレンダーな肉体なのに、尻の部分だけはけたはずれと言ってもいいボリューム感。

肉体の黄金比など知ったことかとばかりに、すさまじい迫力で盛りあがるヒップラインには、男の理性を粉砕する破壊力が横溢《おういつ》している。

しかも――。

（パ、パイパン）

さすがの瑞希も、そんなことまでは知らなかったようだ。やわらかそうにこんもりとするヴィーナスの丘には、縮れ毛一本見当たらない。

子供のようなツルツル加減をアピールし、同時にその箇所の脂肪の厚みと、ジューシーな質感を見せつける。

だがいくら無毛でも、この人がもはや子供などではないことは、秘丘の下部に淫らな姿をさらす陰唇が物語っていた。

大福餅さながらにふっくらとする股のつけ根に、貝肉を彷彿とさせる生々しい肉ビラが飛びだしている。

二枚のラビアはハッとするほど充血し、毒々しいローズピンクを印象づけた。

その上二枚とも、すでに完全にぬめりきり、いやらしく光っているどころか、ラビアとラビアの間からは、糸を引いて粘つく汁をしたたらせている。

「ひうう、駿介さん……」

「はぁはぁ……いやらしい。さあ、お風呂に行きましょう」

こんなセクシーな裸身を見てしまっては、こちらも危うかった。

なにもかもお見通しの霊能者を演じなくてはならないのに、獣の衝動が理性を凌駕し、駿介の脳髄を白濁させかける。

「しゅ、駿介さん……」

「さあ、は、早く。はぁはぁ……」

思わず息が荒くなり、心臓の鼓動も増した。

駿介はむしりとるように、おのが身体から着ているものを引きちぎる勢いで脱いでいく。

「ううっ……」

布美子は羞恥に頬を染めつつも、駿介から目をそらせられない。青年が、最後に残ったボクサーパンツを、前かがみになってズルリと下ろせば――。

「ひっ」

――ブルルンッ！

「うああ……」

驚いた様子で、女社長は目を見開いた。完全に思考をフリーズさせたかのように裸身を硬直させ、駿介の股間を凝視する。

「どうしました。はじめてですか、こういうち×ぽは」

全裸になった駿介は、布美子の前に仁王立ちした。

どちらかと言えば華奢《きゃしゃ》な身体。

だが、股のつけ根から反りかえる男根だけは規格外の雄々しさだ。

鎌首をもたげた牡砲は、今夜もやる気満々だ。今にも下腹部に亀頭がくっつきそうなほど、熱い血潮を集めて天を向いている。

野性味あふれる棹《さお》の部分はどす黒いのに、亀頭だけは暗紫色に充血して、パンパンに皮膚を突っぱらせた。

物欲しげな心の声を代弁するかのようにして、すでにひくつく尿口からは、透明ボンドさながらの濃密なカウパーをあふれさせる。

「はうぅ、い、いやっ……」

ようやく我に返ったように、布美子はかぶりをふって恥じらった。

「フフ。もしかして、やっぱりはじめてでしたか。こんなでっかいち×ぽは」

気がつけば、いつしかペニスを誇示することも堂々としたものになってきた。

駿介はアヌスをすぼめたり弛緩させたりして、ししおどしのようにおのが巨根を上へ下へとしならせる。

「はうう……あぁン、す、すごい……駿介さん……はぁはぁはぁ……」

潤んだ瞳を見開いて、肉茎を見つめた。

美熟女は、魔に魅入られたかのようである。

催眠術にでもかかったように一気に息を荒くして、スリスリと太腿をせつなげに、艶めかしく擦りあわせる。

いや、擦りあわせているのは太腿だけではなかった。

マゾ牝熟女は股間の陰唇も、本能的に自らの意志でムギュムギュと擦りあわせ、締めつけようとしているのだ。

「あぁン、駿介さん……うあ、ぅあああ……」

「さあ、お風呂に行きましょう。お湯を溜めている間に、たっぷりとシャワーを浴びたり、身体を洗ったりしましょうね」

駿介はそう言って布美子の手を取った。

股間の一物をいきり勃たせつつも、口もとに浮かべるのはソフィスティケートされたスマイル。

熟女の手を取り、バスルームにいざなおうとする。

「ちょ、ちょっと待って……」

そんな駿介の手から、布美子はそっと自分の手をはずした。

真っ赤に火照った美貌には、いっそういたたまれなさそうな感情が見え隠れしている。

「どうしました」

駿介は聞いた。すると布美子は——。

「こ、こんなときにごめんなさい。ちょっと、トイレに行かせていただけて」

長い睫毛《まつげ》を伏せ、声をふるわせて言う。

「トイレ」

「え、ええ、ごめんなさい。感じてしまうと、どうしてだかトイレが近くなって。いやらしい女でしょ……」

あまり人には言えない体質を告白し、布美子はさらに顔を赤くした。

「そんなことありませんよ。生理現象はお互い様です。トイレはそこですから」

駿介はやさしく言い、布美子の背後を指さした。

「ごめんなさい。先にお風呂に入っていらして」

申し訳なさそうに言うと、布美子は股間と胸を隠し、くるりと身体の向きを変えた。

「――えっ」

そのとたん、またも熟女は固まった。

駿介に背中と尻を無防備に見せたまま、彫像のように動かなくなる。

5

「こ、ここ、これって……!?」

やがてようやく、布美子は声をふるわせた。

乳や股間を隠したいはずなのに、たまらず両手で口をおおい、またしても数歩後ずさる。

「そうなんですよ、布美子さん」

駿介は、女社長に声をかけた。ようやく布美子は、この部屋ならではの異常なしかけを知ったのだ。

「じつは……トイレもガラス張りなんです」

あっけらかんと、駿介は説明した。

「そ、そんな。そんな。あああ……」

見ればトイレへとつづくガラスのドアに、口を手でおおった全裸の熟女が映っていた。

未亡人は驚いた様子で目を見開き、息すら止めたようになっている。

左右の腕にくびりだされるようにして、Fカップのおっぱいがふにゅりといびつにひしゃげていた。

二つの乳首はそれぞれに、あらぬ方角へと先っぽを向けている。

(それにしても、いいお尻だなあ)

驚愕する布美子に、してやったりという気持ちになりながら、駿介はふたたびうっとりと圧巻の巨尻に見とれた。

巨尻というよりデカ尻と言ったほうがしっくりくる、圧倒的迫力を持つ豊艶なヒップ。

実りに実った水蜜桃を想起させる、エロチックな形だった。

くびれた腰から一転し、挑むようなボリュームで、左右にもうしろにも官能的に張りだしている。

旨そうな臀肉は左右どちらも肉厚で、完熟メロンさながらの甘い果肉と蜜の存在をイメージさせた。つんと指で押したなら、皮が裂け、甘い汁が勢いよく飛びちりそうな熟れかただ。

臀裂の谷間には、三日月の形をした深い影がきざまれている。

そうした眺めを見ただけで、またもペニスが上へ下へと、ビクン、ビクンと脈動した。

「大丈夫ですよ、布美子さん」

駿介は快活に、未亡人に言った。

「俺、絶対に見ませんから。先にシャワーを浴びていますね」

そう言うと、駿介は一人でバスルームに向かった。厚いガラスのドアを開け、壁という壁がガラスでできた浴室に足を踏みいれる。

部屋を横目に見ながら、奥に進んだ。

シャワーヘッドをとり、カランをまわしてお湯をだす。

「………」

湯温の調節をし、さりげなくふり返る。トイレはバスルームの真横にあり、境となる壁も分厚いガラスでできていた。

つまり、そこもまた透明。

浴室からでも、すべてがまる見えだ。

その上なんともすごいことに、令和のこの時代に、和式の便器がしつらえられている。

トイレのドアを開けると、一段上がったところに和式の便器がある作り。

もしもそこにまたがったなら、ドアに尻を、身体の左側をバスルームに向ける格好になる。

誰がどう考えても、落ちついて用など足せるはずがない。

だが、もちろんこの部屋には秘密があった。

じつは客室には、もうひとつトイレがある。そちらはふつうのトイレで、外から見ることはできなかった。

つまり、透明ガラスでしきられたトイレは、プレイ用のものなのだ。しかしそんな種明かしをするつもりは、駿介にはまったくない。

（入った……！）

とまどい、恥じらいながらも、こみあげる尿意は、やはりいかんともしがたいようだ。

全裸の未亡人はいたたまれなさそうにトイレに入る。

駿介はトイレと未亡人に背を向けてシャワーを浴びるふりをした。

だが目の前の壁には鏡がはめられている。鏡はばっちりと、背後のトイレが見えるようになっていた。

「…………」

なに食わぬ顔をして熱い湯を浴びつつ、駿介は鏡を通じて背後を見た。

布美子は駿介の様子を気にしながらも、自分に背を向けていることに安堵《あんど》して、一段高い床にのぼる。

和式の便器にまたがった。

何度も足の位置を変え、ようやく膝を折り、排尿の体勢をととのえる。

その間ときどき、駿介のほうを気にしながら。

（はじめたぞ！）

駿介は全身を熱くした。

美熟女は、ついに放尿を開始した。締めに締めつづけた膀胱《ぼうこう》を解放し、尿道から小水を排泄《はいせつ》する獣の本能に身を任せる。

ホッとしたようにぐったりとし、和式便器にまたがったまま、天を仰いだり、自分の股間をのぞきこんだりする。

（よし、行動開始だ）

じゅわんと甘酸っぱい激情が、胸の中いっぱいに染みわたった。

湯を出しっぱなしにしたまま、シャワーヘッドをフックにかける。くるりときびすを返し、バスルームのドアに近づいた。

布美子は気づかない。

放心したように膀胱をゆるめ、和式便器の水溜まりにビチャビチャと小水を飛びちらせている。

駿介は気配を消し、バスタオルを取るや、そっとドアを押して浴室を出た。

いそいで身体をぬぐう。

タオルを放り投げると、トイレの透明なガラスドアの前に立つ。

（おおお……）

目の前に現出した魅惑の光景に、浮きたつような気持ちになった。

まだ気づかない美熟女は、放尿の悦びにひたっている。

いつでも上品なしぐさを信条とする女社長だった。挙措のひとつひとつになんともいえない育ちのよさと気品があり、それすらも大きな武器となって、周囲の者たちを威圧していた。

そんな三十九歳が和式便器にまたがって、無防備に大股を開いている。

まうしろから見ると、大きな尻はハートマークを逆さにしたような眺めにも見えた。

（気がついた……）

なおも小便をつづけながら、ふと布美子は浴室のほうに目をやった。そしてようやく、そこがもぬけのからになっていることに気がつく。

「ここですよ、布美子さん」

ドアを開けると、駿介は言った。

場違いにも感じられる陽気な声。

ウナギの寝床のようなトイレにこもっていたアンモニア臭が、鼻粘膜にじわりと染みる。

「――ひいいっ。しゅ、駿す……いや。こないで。いやあああ」

おそらくこんな展開は想像もしていなかったろう。和式便器にまたがっていた未亡人は、あわてて立ちあがりかけた。

だが、立ちあがりたくてもそう簡単にはいかない。なにしろまだなお自然現象はつづいている。

「そんなに恥ずかしがることないじゃないですか。小便なんて誰だってする」

駿介はドアを開けっぱなしにしたまま、しゃがみこんだ。排尿をつづける布美子と同じくらいにまで身体を低くする。

「いやああ。み、見ないで。こんな私、見ないでええ。恥ずかしいわ。おしっこをしているところなんか見ちゃいやああ」

布美子はもうパニックだ。

すぐにでも逃げだしたいとでも言っているかのよう。

尻をあげたりもとに戻したりして、背後の駿介を気にしつつ、さかんに髪を乱してかぶりをふる。

「恥ずかしいことをしてほしいくせに」

そんな布美子に、なぶるように駿介は言った。

「そ、そんな。違うわ。違う。私、こんなことまで――」

「嘘を言ってもだめですよ」

駿介は言うと、両手でわっしと尻肉をつかんだ。

「ひぃいぃ」

つづいてそれをググッと動かし、布美子に中腰を強要する。

「きゃあああ。いや。駿介さん。やめて。放して。いや。いやあ。おしっこが。おしっこ……あああ……」

なおもビチャビチャと、布美子は便器の水溜まりに排泄をした。

小便を便器からはみださせてしまいそうになり、未亡人は腰をひねって、それを回避しようとする。

いつでも上品な女社長のそんな姿に、駿介は燃えあがるような嗜虐心をおぼえる。

「ああ、布美子さん。大きいお尻」

十本の指に力を入れ、尻肉をもにゅもにゅと揉みながら、責めたてるような声で言った。

「――ひっ。しゅ、駿介さん」

布美子はギョッとしたように、窮屈な体勢で背後をふり返ろうとする。

「分かってますよ。嘘をついてもムダです。俺はすべてお見通しです」

駿介はなおも尻肉をねちっこい手で揉みしだき、もう一度、布美子に言った。

「えっ、ええっ？」

引きつった顔つきで、布美子は駿介を見る。

そんな未亡人に、駿介は言った。

「布美子さんは……このお尻が最大のコンプレックスなんですよね」

6

「――っ！　駿介さん」
こともあろうに排泄の現場を直撃され、布美子は顔を真っ赤にしていた。だが
駿介の言葉を耳にして、その顔はますますカッと赤くなる。
「嘘をついてもだめです」

「ああああ」

駿介は布美子を前に押し、一段高い場所に移動した。

布美子の放尿はようやく終わりを迎えようとしている。しかしまだ、完全に終息したわけではなかった。ちょろちょろと、媚肉からは小便の残滓《ざんし》が、断続的に飛びだしてくる。

しかし駿介は、もはやそんなことはおかまいなしだ。

「あなたはこの、でっかい尻がコンプレックス。だから、こんな格好で犯されると、最高に興奮するんですよね！」

そう言うや、すかさず挿入の体勢をととのえる。いきり勃つペニスの角度を変え、小水と愛液でぬかるむ卑猥な肉穴へ——。

——ヌプッ！

「あああああ」

「おお、布美子さん」

——ヌプッ！　ヌプヌプヌプッ！

「あああ。あああああ」

二人とも、和式便器をまたぎながらだった。

布美子は壁に両手をついた立ちバックの体勢。天を仰いでとり乱した声をあげ、駿介のペニスを迎え入れる。

——ブシュパアアッ！

（ああ、エロい）

まるで、駿介の肉棒に押しだされたかのようだった。猛る極太が奥に埋まるや、間欠泉さながらの勢いで、小便の残滓が膣からしぶく。

噴きだした小水はバラバラと、軒を打つ雨滴のような音を立ててトイレの床に落ちた。

布美子は背すじを弓のように反らせ、合体の衝撃に裸身を痙攣させている。

どうやら早くも、軽いアクメに達したようだ。

「はうう……駿介、さん……こんな……こんなああ……」

「恥ずかしいことをされたいんですよね、布美子さん。そらそらそら」

……ぐぢゅる。ぬぢゅる。

「あああ。駿介さん。ああ、そんな。恥ずかしい。こんなところで。こんなところで。うあああああ」

こともあろうに、用を足していた途中での強引な求め。布美子はとまどい、いやいやと髪を乱しはするものの、やはり身体は正直だ。

——キュン。

「うおお。布美子さん、マ×コがち×ぽを締めつけてきますよ。いいんですね、これがいいんですね」

「あああ。ああああああ」

ガツガツと膣奥深くまで怒張でえぐれば、せつなげな布美子の反応とは裏腹に、ぬかるむ膣ヒダは波打つ動きで蠢動《しゅんどう》する。

いいのいいの、これいいのと訴えてでもいるかのようだ。駿介のペニスを艶めかしく締めつけ、亀頭をムギュリと絞りこむ。

（き、気持ちいい）

あくまでも、布美子を責めたて、ドMな快楽地獄に引きずりこむのが今夜の務め。自分の気持ちよさなど、二の次としなければならなかった。

それなのに、この熟れ膣はとろけるような快さ。

挿れても出してもカリ首と牝肉が窮屈に擦れ、腰の抜けそうな快美感が、くり返し、くり返し、強烈にひらめく。

気を抜けばすぐにも暴発してしまいそうだ。駿介は肛門を締めつけ、ググッと奥歯を噛みしめる。

「それにしても大きいお尻。最高じゃないですか、布美子さん」

……ピチャッ。

「あああああ」

（えっ）

からかうように、あくまでも軽く、平手でたたいただけだった。それなのに、布美子は思いもよらない歓喜の声をあげ、あごを天に上向ける。

「ふ、布美子さん……や、やや、やっぱり……こうされるとたまらないんでしょう？」

その反応に、驚いている場合ではなかった。

駿介は、いかにもすべてお見通しとばかりに、あわてて取りつくろう。今度は少し強めに、反対側の尻をピシャリとたたく。

「あああ。あああああ」

（ええっ？）

尻をたたかれた熟女の反応は、ますます派手になった。弓のように背すじを反らし、天に向かってかすれた吠え声をあげる。

(間違いない)

駿介は確信した。

まさにこれは、瑞希の言ったとおりである。

コンプレックスは官能を高めてくれる最高の媚薬——たしかに瑞希はそう言った。マゾ牝の布美子にとって最大のコンプレックスであるデカ尻は、彼女を最高によがり狂わせてくれる最強の媚薬でもあったのだ。

(まだまだ経験が足りないな、俺)

駿介は自嘲的に口もとをゆがめた。

こんなシチュエーションではずかしめを与え、コンプレックスの尻を自分に突きださせる形で犯せば、布美子は十分興奮するのではないかと思っていた。

さすがに尻をたたこうとまでは思っていなかった。

しかし駿介にはすでに分かっている。この人は、もっとたたいてくれと、言うに言えない心の声で訴えていた。

「いいでしょう、布美子さん。んん? おしっこをしていたオマ×コにでっかいち×ぽをぶっこまれ、でもって……」

……グチョグチョグチョ! ヌチョヌチョヌチョ!

「あああ、駿介さん。駿介さん。ひあああああ」

「こんなふうにち×ぽを思いきり挿れたり出したりされると、もうたまらないんですよね」

「ああ、気持ちいい。気持ちいいの、駿介さん。あああ。あああああ」

布美子は快感の言葉を口にして、駿介の抜き差しに狂乱する。あんぐりと口を開け、あられもないあえぎ声を惜しげもなくほとばしらせる。

「はぁはぁ……でもってさらに……こうでしょ、布美子さん」

(痛かったらごめんなさい)

――パアアァァン！

「あああああ」

(すごい感じかた)

こんなに強くたたいてもいいのかなと、内心では思った。しかし駿介はさらに強さをエスカレートさせ、片側の尻を強めにたたく。

すると未亡人は、さらに感極まったようなよがり吠えをとどろかせた。

目の前の壁に唾液の飛沫を飛びちらせ、おぼえる快感が強すぎて耐えられないとでも言うように、両脚をおもしろいほどふるわせる。

（こ、興奮する！）

布美子の淫らな反応に、駿介はますます昂ぶった。

尻をたたくたび、いっそう強い締めつけかたで膣肉がペニスを揉みほぐす快感にも、さらに強く惹かれていく。

「ねえ、こうでしょ、布美子さん。お尻たたかれると感じるんでしょ」

――スパアアァン！

「ああああ。ああああああ」

「そうでしょ、違うの？」

――パッシイイイン！

「あああああ。気持ちいい。気持ちいい。ああああああ」

「布美子さん……」

「も、もっとたたいて。お願い、誰にも言わないで。たたきながら、お尻の穴もホジホジして。ホジホジしながらお尻たたいて」

（なんだって）

布美子のあられもないねだりごとに、駿介は息づまる気持ちになる。美しいマゾ牝は、どこまでも快感にどん欲なはしたない淫獣でもあった。

「こ、こう？　ねえ、こう？」

——スッパァァァン！

「あああああ」

（でもって……）

……ホジホジ。

駿介はいやらしい肛肉のすぼまりを、短い爪でソフトにほじる。

「ヒイィイン。ああ、感じるウウゥ」

……ホジホジホジ、ホジホジホジ。

「うああ。気持ちいいよう。気持ちいいよう。ち×ぽもっとズボズボして。もっともっと。もっともっともっとおおお」

薄桃色に火照った未亡人の美肌に、ぶわりと大粒の鳥肌が立った。布美子は両手でガリガリと、目の前の壁を狂ったようにかきむしる。

「はぁはぁはぁ。ふ、布美子さん」

……グチョグチョグチョ！　グチョグチョグチョ！

「うあああ。ち×ぽいいい。奥まで刺さる。奥まで刺さる。あああ。ああああああ。ね、ねえ、お尻のこと、ばかにして。お願い。お願いィイン」

「くうぅ、な、なんですか、このばかでかいケツ！」

――バッシィイィン！

「あああああ、とろけちゃう。しっこ出ちゃうンンン！」

――ブシュッパアァァ！

「おお、布美子さん！」

「あああ。あああああああ。もっとばかにして。丁寧語じゃなくていいから。ひどいこと言って。私のお尻をからかって」

「で、でかいケツだな、おい。きれいな顔して、ケツはこんなにでかいなんて。し、しかも、なんだ、この皺々のケツの穴！」

……ホジホジホジ、ホジホジホジ。

「あああ。ごめんなさい。ごめんなさい。大きいお尻でごめんなさい。お尻の穴も醜いの。それが私なの。私なの。あああ。あああああ」

（もうだめだ！）

どんなにこらえても、そろそろ限界だった。

マグマのような爆発衝動が、股のつけ根の奥底深くから、沸騰しつつせりあがってくる。

駿介は布美子を罵倒《ばとう》し、パンパンと尻をたたいた。

ひくつく肛門を絶妙な力加減でほじくりながら腰をしゃくり、子宮に何度も亀頭をえぐりこむ。

「うあぁあ。ホジホジいいンン。鳥肌立っちゃう。オマ×コキュンキュンしちゃうよおおおう。ああ、駿介さん。もうだめ。もうだめえええぇっ」

「おおお、布美子さん！」

──パンパンパンパン！　パンパンパンパンパン！

「あああ。ち×ぽすごい。奥。奥奥奥奥ぅぅ！　あっああああああっ」

「はぁはぁはぁ、はぁはぁはぁはぁ」

──パッシィィイン！

「ぎゃあああぁ」

駿介はさかんに左右の尻をたたき、怒濤の勢いで腰をふった。

大きな尻は、左右どちらにも赤い痣《あざ》ができ、腫《は》れぼったくなっている。相当痛いはずなのに、真性マゾ牝の未亡人は、痛みさえ官能のスパイスにして絶頂へと加速する。

「うあぁ。駿介さん。もうダメ。イグッ。イグイグイグイグッ。ああああぁ」

「で、出る……」

「あっあああっ。おおおおおっ!!」

——どぴゅどぴゅ、びゅるる！　どぴどぴ、ぶぴぴっ！

オルガスムスの電撃に、駿介は全身をしびれさせた。一気に身体が加熱して、陰茎が狂ったように脈動をはじめる。

（あああ……）

射精をはじめた極太は、雄々しい脈動音を立てながら、水鉄砲の勢いで膣奥に精液をたたきつけた。

ザーメンが子宮に粘りつく、ビチャビチャという音さえ、耳にしたように駿介は思った。

「んあっ、んあああっ……ああ、すご、い……ハアァァン……」

「布美子さん……」

見れば布美子も同じタイミングで、アクメに突きぬけたようである。

目の前の壁に体重をあずけてなんとか身体を支える。

強い電気の流れる電極でも押しあてられたかのようにして、ヒクン、ヒクンと痙攣した。

……シュルシュルシュルシュル。

「あっ」

「アン、いやン、恥ずかしい……ハアアァン……」

駿介の内腿《うちもも》を、生温かなものが伝いはじめた。どうやらまた、未亡人は失禁したようである。

「だめ……あぁン、しっこ出ちゃう……気持ちよくて……我慢できない……ハアアァン……」

「布美子さん……」

布美子は白目を剝きかけた凄艶《せいえん》な顔で、うっとりと恍惚に酔いしれた。

駿介はそんな未亡人の膣にずっぽりと男根を突きさしたまま、心のおもむくまま陰茎を脈動させ、最後の一搾りまで、吐精の悦びを味わった。

第四章　最愛の獲物

1

「なんだかこのごろ、雰囲気が変わったんじゃない、星野くん」

駿介と乾杯をすると、ビールのジョッキをグイッと傾けながら、瑞希は口角をつり上げた。

「えっ、どんなふうに」

庶民的な居酒屋の席。駿介もビールをあおりつつ、向かいの席に腰を下ろした占い師に聞く。

「うーん、なんていうのかな」

ツマミのもろきゅうをポリポリとやり、瑞希は目を細めて駿介を見た。

「なんかこう……前よりいろいろな意味で自信がみなぎってきたって感じ？」

「ほんと？」

「自覚ある？」

「うん、まあ……」

そう言われると、駿介としても思い当たるフシがあった。実際問題このごろは、これまでになく営業成績が向上している。

営業の仕事をする者に求められるのは、自分への自信だと痛感していた。売りこむ商品への信頼感だけでなく、それをプッシュする自分という人間に対する依拠心もまた、ものを売るという行為には大きく関係していたのだ。

会社の上司からも「どうしたんだ、とうとう覚醒《かくせい》したか」と冗談交じりに好成績を賞賛されていた。

もちろんとぼけて多くを語ることはしなかった。

だが考えるまでもなく、瑞希に命じられた裏仕事のおかげで、人への君臨力のようなものは間違いなくあがっていた。

「瑞希さんのおかげかな」

正直な思いを、駿介は口にした。

「あら」

「ありがとう」

おどけて目を見はる美人占い師に、真摯《しんし》に襟をただすように、駿介は頭を下げた。すると瑞希は「フフッ」と笑い――。

「それじゃますます、自信満々の男になってもらわないとね。星野くんのおかげで私の評判もうなぎ登りだし、まさに共存共栄ってところね」

バッグの中をガサゴソとあさり、スマホを取りだした。

(次の仕事か)

駿介は苦笑して瑞希を見た。

スマホの画面でターゲットの画像を見せてもらうことを手はじめに、ブリーフィングがはじまることがお約束になっていた。

ちなみに駿介は、貴世と布美子を手はじめに、これまで総勢五人ほどに、人には言えない行為をはたらいている。

次はいったいどんな女性かと、いつものことながらワクワクした。

「今度はね……この美人さんなの」

瑞希はそう言って、画像を表示したスマホを駿介に差しだす。駿介は占い師からスマホを受けとり、表示された画像に目を落とした。

(えっ)

そのとたん、時間が止まった。

大袈裟でなく、すべての音が消え、動いていたはずのあらゆるものがピタリと停止した。

そんな気がした。

(こ、これは)

冗談だろうと目を剝きかけた。

スマホをつかんだ手が小刻みにふるえる。駿介はあわてて身じろぎをし、それをごまかした。

「どうかしたの」

そんな駿介を、きょとんとした顔つきで瑞希が見た。

「いや、別になにも」

駿介は必死に取りつくろう。

「ウフフ、美人な奥さんすぎてびっくりしたとか」

瑞希はビールのジョッキを傾けながら、駿介を揶揄するように言った。

「うん。まあ……」

「ウフフ。図星ね。ウフフフ」

「…………」

駿介はそれ以上、言葉が出てこなかった。

自分の顔が引きつっているのが分かる。

こんな偶然があってよいのだろうか。瑞希のスマホに写っているのは、一日だって忘れたことのない女性だった。

萩原由依。

かつての恋人が、そこにいた。

2

（本当に、ここに由依さんが）

それから数日後。

駿介の姿は、五年ほど前に造成されたという新興住宅街の一角にあった。

午後三時を、少しまわったところ。

広々とした通りには、思い思いに趣向と贅《ぜい》を凝らした一戸建ての邸宅が、競いあうように並んでいる。

駿介の稼ぎでは、どうがんばっても買えないような土地であり、家だった。まごうかたなき高級住宅街は、どの家もなにやらキラキラして見える。

とりわけ、少し離れたところから車のフロントガラス越しに見あげるその家は、駿介にはまぶしいほどだった。

南欧風の造りをイメージさせる、白壁にオレンジ色の屋根のしゃれた家。広い芝生の庭があり、家の周囲には堅牢《けんろう》そうな塀が張りめぐらされていた。

そこが、夢にまで見たかつての恋人の現在の住まい。表札には「神野《じんの》」という苗字が出ていた。

つまり、由依の現在の名は、神野由依。

瑞希によれば、夫は一流商社に勤務するエリートサラリーマンのようである。

(まさか、由依さんが瑞希さんのお客だったなんて)

駿介は陽光に輝く瀟洒《しょうしゃ》な家を見あげ、信じられない偶然に、もう何度ついたかしれない驚きのため息をまたももらした。

もちろん、瑞希が提示した新たなターゲットが、かつての自分の恋人だなどとはカミングアウトしていない。

私情が入るとまずいわね、などと瑞希が判断を撤回し、せっかく訪れた僥倖《ぎょうこう》がふいになってはたまらないと、とっさに判断した結果だった。

そして駿介は、大事な事実を瑞希に隠しとおしたまま、いつものように彼女から説明を受け、この日を迎えた。

つきあっていたあのころは知る由もなかった「由依の秘密」をしっかりと胸中に抱えながら。

（来た）

やがて、住宅街の通りをタクシーが近づいてきた。タクシーは由依が夫と暮らす邸宅の前で停《と》まり、小さくクラクションを鳴らす。

駿介は車のエンジンをかけ、とくとくと心臓を鳴らしながらハンドルを握った。手がヌルッとすべり、自分が汗をかいていたことにようやく気づく。

（――っ！）

思わず声を出しそうになった。

門扉を開け、一人の女性がとうとう通りに姿をあらわす。

（由依さん）

その姿をひと目見たとたん、甘酸っぱさいっぱいの感情に胸を締めつけられた。

十年ほどの年月が、あのころよりさらにいくらか、由依を肉感的にさせているように見えた。

遠目に見ても女子大生のころより、かなり色香が増している。

それは断じて化粧や人妻らしい、楚々としたファッションのせいばかりではないはずだ。

由依はひかえめな笑顔をこぼし、上品な挙措で、タクシーの後部座席に身を移した。

ドアが閉じ、タクシーがゆっくりと動きだす。

駿介は走行しはじめたタクシーのあとを、距離をあけて追いかけはじめた。

（ああ、由依さん）

誰にも内緒のストーカー行為は、すでに一時間近くに及んでいた。

駿介はせつない思いをいっぱいにして、遠くからずっと、由依の姿を見つめている。

かつての恋人が出かけたのは、自宅から十五分ほどの距離にある大型ショッピングモールだった。

駐車場に車を停めた駿介は、一度、由依を見失った。

しかし、執念の、と言ってもいいだろう捜索で、ふたたび彼女をモール内に発見した。

由依はゆるやかなカーブを描くモールの通りを回遊魚のように移動して、気に入ったショップでウィンドウショッピングをした。

まるで、ありあまる時間を持てあまし、どうつぶしたらよいのか途方に暮れてでもいるかのように。

だが、それにしても――。

(きれいになった)

駿介は遠くから由依を見つめ、せつなく胸を締めつけられながら思った。もう一時間もじっと眺めつづけたが、これっぽっちも飽きなどしない。

卵形をした色白の小顔をいろどるのは、背中までとどくロングのストレートヘアー。

学生のころはショートカットだったので、こんなに髪を長くするこの人を見るのははじめてだった。

うっすらと化粧をしていたが、持ち前の魅力はあのころのままだ。

雛《ひな》人形を思わせる和風の顔立ちだった。

一重の目もとは涼やかで、同時に凛《りん》とした、古風な美しさに富んでいる。

すらりと鼻筋がとおり、和風の美貌を品よく強調していた。そのくせ唇はぽってりと肉厚で、男を浮きたたせるセクシーさも感じさせる。

まさに、大和撫子《やまとなでしこ》とはかくやと言いたくなるほどの、清楚な美貌。

行き交う男どもはもちろん、女性までもが感心したように由依をその目で追う姿を、モールで追いかけはじめてから、いったい何度目にしたことか。

しかも、由依の魅力は楚々とした和風の美貌だけではない。ムチムチと肉感的な身体つきの破壊力は、もはやあの当時の比ではなかった。

瑞希の肢体とよく似ているそのもっちり加減は、男の心を鷲づかみにする官能味に富んでいる。

胸もとにはGカップ、九十センチのおっぱいが、惜しげもない大胆さでふっくらと盛りあがっていた。

コーラのボトルそのものの凹凸感あふれるダイナマイトボディは、乳と同時にヒップの豊満さも尋常ではないことを、窮屈そうに盛りあげる衣服越しに伝えている。

そんな圧巻のボディを包むのは、エレガントなワンピースだ。

ヒラヒラと舞う黄色い花びらをあしらったデザインの、落ちついた雰囲気。

おそらく高価なものなのだろう。

由依がもともと持っている品の良い雰囲気をさらに高貴なものに高め、ほれぼれするような優雅さをかもしだしている。

なにも知らずにいたならば、おそれおおくて気やすく声もかけられないような神々しさだ。

だが――。

（こんな人にも、コンプレックスがあっただなんて）

モール内を回遊するかつての恋人を遠めに見ながら、瑞希から聞いた話を思いだして駿介は甘酸っぱく胸をいためた。

交際していた当時、疑問に思っていたことも見事に氷解し、十年越しの謎もすでに解けていた。

（どうやって接触しよう）

由依のあとを距離をあけて歩きながら、どうしたものかと思案していた。

由依が魅惑の肉体の内側に秘め隠しているらしき秘密を知ってすら、やはり声をかけるのには勇気がいった。

それほどまでにこの人は、駿介にとっては特別な女性だった。

たとえすでに、人のものになっていようと。

そして、たとえその夫と、この人もまたうまくいっておらず、他人がうらやむ暮らしの中で、誰にも言えずに苦しんでいると分かっていても。

（あっ……）

スーツの上着の内ポケットで、スマホが振動しはじめた。取りだして見ると、瑞希からの着信である。

「……もしもし」

駿介は由依に背を向け、電話に出た。

「ということは、まだ由依さんと接触していないってことね」

電話に出るなり、あきれたように瑞希が言った。

「ま、まあ……」

「どうしたの。いつも大胆な星野くんらしくないじゃない」

「大胆じゃないですし、俺」

「よく言うわ」

小声で応対すると、瑞希は鼻で笑った。

チラッとふり返ると、由依は一軒のショップの入口付近で、気になったらしい服を手にとり、じっと見ている。

そんな彼女に女性スタッフが笑顔で近づき、なにか言っていた。

「なんですか」

あなたと会話をしている余裕はあまりないのですと言外に伝えつつ、小声で駿介は聞いた。

(おっと)

由依がほかの服を見ようとこちらに身体を向けたため、またもあわてて彼女に背中を向ける。

「ちょっと伝えておいた方がいい情報があったことを思いだしたものだから」

瑞希は緊張する駿介とは裏腹な、のんびりとした調子で言った。

「チャットのメッセージでもいいかなって思ったんだけど、陣中見舞いもかねて電話をね。フフ」

「情報って」

気になって、駿介は先をうながした。

「うん？　ンフフ、どうしよっかなー」

瑞希は歌うように言い、これ見よがしにもったいぶる。

「自分から電話しておいて、もったいぶってどうするんですか」

「あはは。そりゃそうね。あのね」

駿介がつっこむと、瑞希は明るく笑い、声をひそめて言った。

「今夜、お泊まりらしいわよ、由依さんの旦那」

「えっ」

お泊まり――。

その言葉を聞き、じゅわんと胸から全身に、強烈な炭酸水めいた刺激が広がる。

「そうなんですか」

「まったく、あんなきれいな奥さんがいて、男っていう動物はどうして浮気なんかするのかしらね」

ため息交じりに、電話の向こうで瑞希は言った。

「由依さん、昨日も占いに来たのよ。旦那さん、彼女が知らないと思ってつきあっている年下の愛人と、今夜は高級ホテルでお泊まりするらしいわよ」

瑞希はそう言い、さらには――。

「由依さんには、そろそろ運勢が百八十度変わりそうな暗示が出ているって言っておいたから。あとは頼んだわよ」

全幅の信頼を寄せていることが分かる口調で、いつものように駿介に言った。

「……分かりました」

駿介はそんな瑞希に小声で答え、電話をオフにする。

（今夜、旦那は帰ってこない……）

そう思うと、胸のドキドキがさらに増した。

淫靡な期待が、臓腑の奥からせりあがってくる。

駿介はスマホを内ポケットにしまうと「ふうっ」と息を吐き、ふたたび由依のほうを見た。

（えっ）

心臓が止まりそうになった。

いや、止まるどころか破裂して、一気に昇天するかと思った。

由依がいた。

少し離れたところに。

じっとこちらを見ている。

駿介がふり返ると、息でも呑むように少しのけぞり、白い細指を口に当てた。

「や、やっぱり……駿介くん？」

「……由依さん！」

駿介はあわてて演技をはじめた。

口が裂けても、ずっとあなたのストーキングをしていたのだなどと言えるはずもない。

神の采配《さいはい》による、偶然の再会を装わなければならなかった。驚いたふりをして目を見開き、信じられないという顔つきを意識して由依を見る。

（ああ、由依さん）

今にも泣いてしまいそうだった。

だがそれは、決してばれてはならなかった。

近くで見る最愛の女性は、まぶしいほど美しかった。

3

（このまま帰したくない）

身悶えしたくなるほど、駿介は思いつづけていた。

ショッピングモールの駐車場から車を出し、由依を家まで送ろうとしている。

「それにしても、こんなことってほんとにあるのね」

ちらっと横目で隣を見ると、フロントガラス越しに前を見て、ため息交じりに由依は言った。

「まさかこんなところで、駿介くんと会うなんて」

「驚いたね」

高級住宅街へとつづく通りを走りながら、駿介は調子を合わせた。

すでにとっぷりと日は暮れ、街には闇が降りている。

再会を果たした二人は、モール内のカフェで向かいあった。よもやま話に花を咲かせ、気づけばあっという間に、こんな時間になっていた。

「…………」

運転をしながら、チラチラとカーナビの画面に目をやった。

少し行った右側に、大きな市民公園があったことを思いだす。カーナビを見る目に、思わず淫靡なものがにじんでしまったかもしれなかった。

「まだ、しばらくまっすぐだからね」

「あ、うん」

家の近くまで送ると言うと、由依は少しとまどったものの、結局駿介の申し出を受けた。

彼女もまた、名残惜しさをおぼえているように感じるのは、虫のいい思いこみにすぎないだろうか。

結局駿介は、今回はいつもの霊能者パターンを踏襲しなかった。

つい最近、そういう能力に目ざめたのだと言いはることもできたが、さすがにこの人を相手に嘘はつけない。

これまでそれぞれに生きてきた道のり。

そして、あのころの思い出話。

二人して、夢中になって話したが、事前に瑞希から聞いていた貴重な隠し球は、今に至るも使っていない。

ただ、あれこれと由依と話をするうちに、瑞希から聞かされていた話は真実だったことを、胸をいためながら痛感していた。

由依は六年前に、合コンで知りあったという今の夫と結婚をした。

しかし、その境遇は貴世とよく似ており、すでに夫とは仮面夫婦のようになっている。

由依はそこまではっきりとは言及しなかったが、瑞希によれば夫とは、ともに暮らすほとんどの期間、セックスレスだったようだ。

理由は、由依があまり肉体交渉に積極的ではないから。

彼女にひと目ぼれをしてめとったはずの夫だったが、夜のしとねをともにするのをいやがられることがつづけば、それはどうしたって、気持ちも身体も妻から離れる。

決して他人事《ひとごと》とは思えなかった。

なぜならば、由依は駿介と交際をしていたころも、ことのほか性行為をいやがったのだ。

すでに処女ではなかったが、駿介がいとしい思いをセックスを通じて伝えようとしても、最低限のことしかさせてはもらえず、いつもそうした行為は短時間で終わった。

しかも、回数も極度に少なかった。どんなに熱っぽく誘っても、なかなか由依が首を縦にふらなかったからである。

もしかして、愛してくれてはいないのかと心配になったこともあった。

だが、どう考えてもそうは思えない。

あまりセックスをさせてくれない。そういう行為はどうやら苦痛らしい——しかし、現にそうでありながら、そうした行為以外のときは、いつでも由依は豊饒《ほうじょう》な愛と母性を年下の恋人に捧げてくれた。

そのギャップが理解できなかった。

理解できず、どうしてよいのか分からないまま、結局二人の心は離ればなれになり、たいせつな女性を駿介は失った。

そんな彼だから、結婚をした夫とさえ肉体交渉をいやがったという由依の潔癖さは、さもありなんという感じがした。

瑞希から、由依に関する秘密さえ聞いていなかったなら、由依の夫を不憫《ふびん》に思い、肩入れすらしただろう。

だが、今の駿介は違う。

はっきりと、瑞希を通じて「由依の秘密」を知らされていた。

学生時代、それを知っていたならば決して自暴自棄になり、破局になど突き進まなかったであろう、思いもよらない真実を。

（抱きしめたい）

なにくわぬ顔で由依と雑談をしながら、ハンドルを握る手に思わず力が入る。

あともう少しで、大きな市民公園だった。二人して、車内ににぎやかな笑い声をひびかせながら、駿介は緊張を新たにした。

（駿介くん、おとなっぽくなった）

あのころと変わらない、かつての恋人の明るい笑い声が心地よかった。

そもそももう何年も、男性のこんな楽しそうな笑い声を、由依は一度として耳にしていない。

約十年ぶりにバッタリと会った駿介は、営業の仕事でこの街に来ていたようである。

近くに得意先の会社ができたため、このごろ頻繁に来るようになっていたというから、今までももしかしたらどこかでニアミスをしていたかもしれない。

（駿介くんが、営業の仕事……）

学生時代をよく知る由依には、それは驚き以外のなにものでもなかった。

あのころの駿介の将来の夢は、小説家になることだった。

そしてそんな未来も、決して社交的ではなく、一人で本を読んだり映画を見たり、ネットの世界にただよったりするのが好きな駿介には、向いているように由依には思えた。

だが駿介の自己申告によれば、このごろようやく営業の仕事のおもしろさが分かり、成績のほうも右肩上がりになりつつあるという。

（がんばっているのね）

決して得意ではなかっただろう仕事にとり組み、結果を出しているらしいかつての恋人に甘酸っぱい気持ちになった。

年相応に風貌《ふうぼう》も大人の男になっていたし、それに比べたら自分という女は、いったいなにをしているのだろう。

夫との間に、すでに愛はなかった。

結婚前から恐れていたことが、案の定、現実のものになってしまっていた。

そもそも自分は、結婚なんてしてよい女ではなかったはずなのに。

駿介ほど心から愛せる相手でなければ、なんとかなるかもと淡い期待を抱いた罰を、神様から当てられたような気もしていた。

たとえ相手がどんな男であろうと、自分はその人の妻になどなれる女性では、やはりなかったのである。

（駿介くん）

かつての恋人の横顔を盗み見た由依は、甘酸っぱく胸を締めつけられた。

嫌いになって別れた相手ではない。

むしろ好きだから――好きすぎて、こんな男性とは一緒にいられないとせつない気持ちであきらめた恋だから、今でもその顔を見れば、胸の内に甘酸っぱいものと苦しみがこみあげてくる。

――由依さん。あなた、近いうちになにか起きそうよ。

なじみの女占い師に、目を見開いて言われたことを思いだした。

彼女は由依に断言した。

近いうちに、人生が百八十度変わるような事件――しかも、うれしい事件が起きると。

(まさか、ね)

もう一度駿介の横顔を盗み見て、由依は心中でかぶりをふった。

自分のおろかさに、罵声《ばせい》を浴びせかけたい気持ちになる。

悪いのは全部自分だった。

それなのに、駿介は十年前のことなど水に流して、なにごともなかったかのように、大人な態度で接してくれている。

それだけでも、申し訳ないぐらいだった。

十年経っても「本当のこと」が言えない自分は、やはりこれっぽっちも進歩などしていないのだと思い知らされた。

（また会いたいって誘ってくれるかな。ば、ばか。なにを虫のいいことを）

せつない期待に胸が華やぎそうになり、由依はそんな自分をあわててなじった。

たとえ夫とは、ひとつ屋根の下に同居するだけの他人同士になっているとしても、自分は人妻なのである。

夫以外の男性の誘いを期待するなど、言語道断もいいところ。しかも相手は、かつて自分から袖にしたような恋人なのである。

（今日会えただけでも、幸せだった）

うん、そうよと、由依は自分に言って聞かせた。

それでも、チャットアプリのＩＤや電話番号ぐらいは聞いてもらえるかしらと、身勝手な期待に胸を焦がしてしまう自分に、罪悪感をおぼえながら。

「……えっ？」

由依はハッと我に返る。

駿介はいきなり大通りを右折して、家とは違う方角に車を走らせはじめた。

「しゅ、駿介くん。違う違う。まだ曲がってはだめなの。ずっとまっすぐだったの。ごめんね、ナビしないで」

由依はあわてて駿介に言った。作り笑いを急ごしらえで顔に貼《は》りつけ、白い歯をこぼして駿介を見る。

「…………」

しかし駿介は無言のままだ。

つい今しがたまで明るく笑っていた好青年とは別人のように、硬い顔つきで前方を見つめている。

「……？　あの、駿介──」

「由依さん」

由依の言葉をさえぎるように、駿介が言った。

由依はドキッとする。

緊張をはらんだ声のトーンに、聞きおぼえがあった。

──ねえ、由依さん。由依さんは、どうして俺とエッチをするのがいやなの。

俺のこと、好きじゃないの？

十年前、泣きそうな声で、駿介は聞いてきた。

あのときと同じ声音で、駿介は由依に言った。

「ねえ、由依さん。俺……由依さんをまだ帰したくない」

4

「アァン、しゅ、駿介くん。だめ、困る……」

「はぁはぁ……由依さん。ああ、由依さん！」

翻意をうながす人妻の願いを聞き入れず、駿介は結局我を通した。

いやがる由依を乗せた車を停めたのは、市民公園の駐車場。深い闇に沈んだ大きな駐車場には、ほかに車は停められていない。

あたりに人影はなかった。ついに駿介は心の鎖を解きはなち、助手席の由依に抱きついていた。

「由依さん、んっ……」

「ムンウゥ……」

ぽってりと肉厚な、人妻の唇に吸いつく。万感の思いをこめ、いとしい人の唇を、もの狂おしく吸って穢《けが》す。

……ちゅっちゅ。ちゅぱ、ちゅう。

「んああ、だめ。だめってば、駿介くん。お願い……んっああ……」

「由依さん。ああ、由依さん。由依さん」

由依は小顔を左右にふり、駿介の口から逃げようとした。

両手をさかんにつっぱらせ、おおいかぶさるかつての恋人を自分の身体から押しのけようとする。

「由依さん……ああ、俺……久しぶりに由依さんになんか逢っちゃったら、もう……もう……んっんっ……」

……ちゅっちゅ。ピチャ、ちゅう。

「い、いや。だめ、駿介くん。言ったでしょ、私、もう結婚……ひ、人妻――」

「ああ、由依さん！」

駿介は、十年前なら由依がいやがると分かっているため、決してしなかったことをした。

いきなり唇から口を放し、美熟女の白いうなじへと勢いよくむしゃぶりつく。

「きゃああああ」

（す、すごい）

そのとたん、由依は感電でもしたかのように、とり乱した悲鳴をあげて派手に身体をふるわせた。

「はぁはぁ……由依さん、すごく感じるんだね。知らなかった。ねえ、あのころもこんなに感じる体質だったの？」

駿介は、白い首すじに熱っぽく何度もキスをしながら、声を上ずらせて聞く。

「そ、そんな。違う。私、感じてなんか」

「嘘つかないで」

「あああああ」

駿介は荒々しく、たわわな片房を鷲づかみにした。恋人だったあのころは、こんな風に乱暴に、この人の乳をつかんだことはない。

（ああ、相変わらず大きい。そ、それに……あのころよりやわらかい！）

「はぁはぁ……由依さん。も、揉みたかったよう。ねえ、揉みたかったよう」

「あああ。あああああ」

久しぶりに指をくいこませた豊乳は、相変わらずの豊満さ。しかしあのころと確実に違うのは、二十代のはじめのころとは別人のように、乳房はとろけるような熟しかたを示している。

「しゅ、駿介くん、だめ。揉んじゃだめ。お願い。おねが――」

「揉みたかったよう、由依さん。こんなふうに、また由依さんのおっぱい、揉みたかった。逢いたかった。したかった。由依さんともう一度、こんな風にしたかった」

……もにゅもにゅ。もにゅもにゅ、もにゅ。

「うあぁ。だ、だめ。だめだめ。だめよ、駿介くん。私には夫が……それに、こんな……こんなところで」

「こんなところじゃなければいいの？　俺とエッチしてくれるの？」

「あぁあぁあ」

ねちっこい揉みかたでたわわな乳を揉みこねつつ、ワンピースとブラジャーの上からスリスリと、乳首のあたりをいやらしく擦った。

服と下着のその下に、生々しい突起の感触がある。

しかも駿介が擦れば擦るほど、乳首の感触はますますたしかなものになり、見る見る乳のいただきにサクランボのようにしこり勃つ。

「はぁはぁ……由依さん、こんなところじゃなきゃいいの？　ねえ、ホテルに行こうって言ったら、うんって言ってくれる？」

……もにゅもにゅもにゅ。スリスリ、スリ。

「あああ。ちょ……だめ、行かない。ホテルなんて……あぁん、やめて……私には夫がいるの。しゅ、駿介くん、いい加減に――」

「ああ、由依さん」

「きゃあああ」

駿介はレバーを引き、助手席のシートを倒した。その上シートの位置もずらし、かなり後部にまで由依ごとシートを押しやる。

「はぁはぁ。由依さん、もうだめだ。俺、ほんとにもうだめ！」

今しがたまでシートがあった空間にもぐりこみ、駿介はさらなる責めに出た。

「あああ。い、いや。やめて。駿介くん、いや。こんなのいや。きゃあああ」

駿介はもはやケダモノだ。

いやがる由依に四の五の言わせず、ワンピースのスカート部分を強引にヘソの上までめくりあげる。

（おおおっ）

中から露わになったのは、夜目にも白いムチムチした太腿。

そして、それ以上の白さを見せつけるパンティと、ストッキングに包まれた艶めかしい股間の眺めだ。

闇はかなり濃かったが、すでに目は慣れてきている。そんな目に、スカートの下の眺めは、まぶしいほどの鮮烈さだ。

「だめ。駿介くん、お願い。だめってば。きゃあああ」

露出した、いとしい熟女の下半身に、駿介はますます鼻息を荒くした。

あばれる熟女に有無を言わせず、むちむちした両脚をすくいあげる。窮屈な空間をものともせず、大胆なM字開脚の格好にさせる。

「ああ、やめて。駿介くん、どうしたの。お願い、いつもの駿介くんに戻って」

由依は引きつった声をあげ、さかんに四肢をばたつかせた。

しかし駿介は許さない。清楚な熟女の両脚を、身もふたもないガニ股姿に広げさせたまま――。

「いつもの駿介くんって、俺のなにを知っているって言うの。んっ……」

……れろん。

「あああああ」

露出させた人妻の股に顔を近づけ、クリ豆のあたりをひと舐めする。

もうそれだけで、由依は我を忘れた声をあげ、シートの上で熟れた身体をバウンドさせた。

「おお、由依さん。すごい。こんなに感じる身体だったんだね。だ、旦那さんに開発されたの。んっ……」

……れろん。

「きゃあああ。だ、だめ。駿介くん。そんなとこ舐めな――」

……れろれろ。れろん。

「うあああ。ああああああ」

（マジですごい）

シートにあお向けにさせていた。

ガニ股姿をしいられた肉感的な人妻は、パンティ越しに陰核を舐められるたび、あられもない声をあげてバウンドする。

「すごい感じかた。由依さん、いつからこんななの。あのころは、こんなに感じなかったじゃない」

……れろれろ。れろん。

「ああああ」

……れろれろ。れろれろれろ。

「うあああ。ああ、やめて。舐めないで。困る。困る。うあああ」

クリ豆に舌を擦りつけるたび、由依は派手に身体をふるわせ、尻を、背中を、窮屈なシートから跳ねあげた。

しかも——。

「ああ、嘘でしょ。由依さん、もうパンツが濡れてきたよ。ここ。ねえ、ここ」

見れば純白のパンティには、早くもねっとりと楕円《だえん》のシミがにじみだしていた。まだ責めをはじめてからさほど経ってはいないのに、由依の肉体にはケダモノじみた官能の兆候が現れはじめている。

駿介はパンティのクロッチに指を伸ばした。濡れているところをスリッと熱っぽく撫であげる。

5

「うあああああ」

「えっ」

……じゅわわわっ。

駿介は目を見はった。

信じられないが、どうも現実のようである。

女陰からお漏らしをしはじめたかつての恋人は、下着越しにワレメをスリスリと撫でるだけで――。

「ああ、やめて。それだめ。それだめ。うああ。うあああぁ」

……じゅわわ。じゅわわわ。

「ゆ、由依さん……」

とり乱した声をあげ、狭いシートの上で右へ左へと身をよじった。それでもなおも両脚をM字のまま拘束し、さらにしつこく縦スジをなぞれば。

「あああ。困る、困る、困る。うあああぁ」

……じゅわわわ。じゅわわわわわっ。

「ああ、すごい」

由依のパンティは、さらに大量のはしたない液体でじっとりと濡れそぼる。

いや、濡れるどころの話ではなかった。

女陰からほとばしる汁の勢いがすごく、下着がこんもりと盛りあがる。

噴きだす液体の圧力で、パンティのクロッチ部分が盛りあがってはもとに戻る。

一拍遅れて、さらに下着にシミが広がる。

（ほんとうに、こんな人だったんだ）

胸を締めつけられるような思いとともに、駿介は知らなかったこの人の真の姿に感無量な心地になる。

夫に開発されたわけではない。

十年前、駿介と交際をしていたころから、由依は異様に敏感な体質だったのである。

ひと言で言うなら——痴女。

由依はそんな自分を知られてしまうことを恐れた。

ひょっとしたら、こんなにも感じてしまういやらしい自分を、彼女自身が許せなかったのかもしれない。

だからこの人は、駿介との濃厚な肉体交渉をこばんだ。

本当の自分を知られてしまうことを恐れ、真実を口にすることもできなかった。

あいまいな形で駿介を遠ざけ、結局二人を破局へと突き進ませる道を選んだ。

——こんな清楚な顔をしているのに、かなり淫乱体質らしいのよね、この由依さんってお客さん。

まさか由依が駿介のかつての恋人だとは夢にも思わず、瑞希はそう由依について説明した。

──昔つきあっていた彼とも、そのことを知られたくないばかりに結局は別れてしまったらしいわよ。残酷な話よね、考えてみれば。

（ああ、由依さん）

瑞希から聞いた話を思いだし、駿介は甘酸っぱく胸を締めつけられた。

あのころ駿介が胸を高鳴らせて抱こうとするたび、いつでも由依はつらかったのか。

どこか心ここにあらずという感じだった濡れ場での由依を思いだし、駿介は複雑な気持ちになる。

由依は、当時いつでもセックスになると、落ちつきを失い、キスをされることも、身体を触られることもいやがり、本番行為の間中、ずっと枕《まくら》を顔に当て、うめきながら押し黙っていた。

正直、盛りあがらなかった。

自分の恋人は、そういう行為自体が苦手で嫌いなのだと思っていた。

どんなに駿介が思いをこめて抱こうとしても、由依はちっとも気持ちよくなどなってはくれず、いつでも「早く終わらせて」と無言のうちにあおられているように感じた。

だが、そうではなかったのだ。

むしろ、逆だったのである。

いつでも由依は、感じすぎてしまう自分にとまどい、そんな自分の真実を知られてしまうことを恐れて、駿介との行為にのめりこめずにいたのだった。

おそらく本音では由依だって、愛する男に熱烈に抱かれ、思いきり自分を解放して、性の悦びにおぼれてみたかったはずなのに。

「ゆ、由依さん。もしかしてあのころから、こんなに感じる体質だったんじゃないの」

とっくに真相は分かっていた。

だが、いかにもそのことにたった今気づいたという演技をして、駿介は由依に聞く。

「ひっ。ち、違う。違う。私は……私はそんな」

しかし由依は必死に否定した。おびえたように目を見開き、ストレートの黒髪を右へ左へとふり乱す。

「嘘つかないで」

しらを切ろうとする由依に、獰猛《どうもう》な情欲がつのった。

情欲の成分は、深い悲しみでできていた。

心から愛していた。

この人と結婚をし、たくさんの時間を一緒に過ごして、二人で歳をとっていくのだと思うと、それだけで身悶えしたくなるほど幸せな気持ちになれた。

それほどまでに、たいせつな人だった。

由依より大事なものなんて、ほかになにもなかった。

それほどかけがえのない存在だった人との不和の原因が、実は痴女だったからだなんて。

そんなこと、駿介にしてみたらどうということもないどころか——。

（ああ、俺の由依さんが痴女）

これほどまでに胸躍ることも、そうはないだろうと思えるほど幸せなことだった。

昼間は淑女、夜は痴女。

そんな女が嫌いな男なんて、そうはいないのではあるまいか。

（由依さんのばか）

失われた十年へのノスタルジーが、駿介をさらに嗜虐的にさせた。

由依を悪者にした。

いじめてやる。

俺をこんなにさせるのは、由依さんのせいだよ――駿介は心中でそう思いながら、いとしいこの人をさらに追いつめ、思いの丈をぶつけようとする。

「おお、由依さん」

「きゃあああ」

問答無用のはやわざで、駿介は、由依の股間からずるりとパンティとストッキングを脱がせる。

「い、いや。駿介くん。いや、パンツ脱がせないで。いやいや、いやあ」

「はぁはぁ。由依さん……」

由依はそれまで以上にあばれ、なんとしても下着を奪われまいとする。だが、そんな風にいやがられればいやがられるほど、さらに駿介は興奮した。

しかも、今の駿介にはもう分かっていた。これは瑞希が言っていたことでもあるが、女の本音はいつだって別の宇宙にある。

「おお、由依さん」

……ズルッ。ズルズルッ。

「いやあああ」

十年前の駿介なら、絶対にしなかった横暴な行為。

いやがる由依の下半身からパンストごとパンティをむしりとった。むちむちした美脚を、まるだしにさせる。

「だめえええ」

そしてもう一度。

先刻以上の荒々しさで、あばれる両脚をガニ股姿におとしめる。

「うおお、由依さん……」

ついに人妻のもっとも恥ずかしい部分が、駿介の視線にさらされた。

駿介は息づまる気分になり、同時に感極まって鼻の奥をツンとさせる。

あのころと変わらない、圧巻の剛毛密林。開花しかけたワレメの上に、もっさりと縮れた黒い毛が茂っている。

「ゆ、由依さん。あのころと同じだ。剃《そ》らなかったんだね。自然がいちばんだって言っていたもんね。ああ、懐かしい」

それは決して、はずかしめようとしてではなかった。感激のあまり、気づけば本能でそうしていた。

「きゃああ、駿介くん」

「ああ、由依さんのマ×毛。はぁはぁ。由依さんのマ×毛」

……スリスリ。スリスリスリ。

「ああああ。だめ。そんなとこ。そんなとこ。ああああああ」

もっちり美脚をM字に開かせたまま、股間に密生するマングローブの森に頬ずりをした。

ジャミジャミと、硬質な感触が頬に擦れる。

駿介が頬をすりつけるため、剛毛が見る間にそそけ立ち、あちらへこちらへと毛先が突きだす。

(ああ……)

たまらず視界が涙でかすんだ。

甘酸っぱさを感じさせる柑橘系のアロマ。

懐かしい。

あのころも駿介は、この芳香に酔いしれた。

いとしい人のヴィーナスの丘から香る薫香に、十年前の駿介はなにもかも忘れて夢中になった。

6

（ああ、由依さんのオマ×コ）

駿介は、万感の思いで人妻の恥部を凝視した。

もう二度と、この目で見ることなどかなわないと思っていた、世界一愛しくて、世界一遠くにある女性器を。

大陰唇は、ジューシーな厚みを見せていた。モジャモジャの剛毛の下にそれはある。

肉厚のビラビラが二枚仲よく、大陰唇をかき分けるように飛びだしていた。

淫肉は、いやがる持ち主とは裏腹に、艶めかしく扉をくつろげ、本格開花への予兆を示している。

開いた扉の狭間《はざま》からは、膣粘膜が見えていた。

泡立つ愛液をビールの泡のようにあふれさせ、生々しいサーモンピンクの粘膜をぬめり光らせている。

「いや。だめだめ。見ないで、駿介くん。お願いだから。ねえ、おねが――」

由依はさらにパニックになってあらがった。しかし駿介は、もう自分をおさえられない。

「おおお、由依さん」

……ねろん。

「あああああ」

由依の牝肉に舌を這わせたのは、これがはじめてだ。

恋人同士だった十年前。由依はいやがり、決して駿介にクンニリングスをさせなかった。

「ゆ、由依さん」

敏感な体質を持つ女性にとって、そこを舌で責められることがどれほど気持ちのいいものか、すでに駿介には分かっていた。

痴女体質の由依ならば、相当なものであろうことも。

だが、美熟女の反応はそうした駿介の予想や期待さえ軽々と凌駕した。

二枚のラビアをねぶり分けるようにして粘膜の園をひと舐めすれば、由依はそれだけで我を忘れたように、強い稲妻に貫かれる。

その上由依の湿潤からは、小便の残滓のようにちょろちょろと、さらなる愛液が飛びだしてくる。

「アァン、駿介くん」

「感じるんでしょ。嘘つかなくてもいいんだよ。もういいんだ。もしかして、ご主人にも隠しつづけようとしたの？　それでうまくいかなくなったの？」

……ねろねろ。

「うあああ。うあああああ」

……ピュー ッ。

執拗《しつよう》にクンニをすれば、今度は勢いよく潮が飛びちった。

（ああ、エロい！）

あばれる女体を押さえつけ、駿介は粘膜を舐めあげる。

「ああ、だめ。あああああ」

恥も外聞もなく、由依は吠えた。

すさまじい快さなのだろう。

もうどうしようもないのだろう。

もともとが感度抜群のいやらしい肉体。その上由依は夫とも仮面夫婦になり、一人肉欲を持てあましながら生きてきたはずだ。

「か、感じて、由依さん。我慢しなくていいから。俺でいいなら、いくらだって舐めてあげる。そらそら、そら」

……ピチャピチャ、ねろん、ねろねろ。

「あああ、だめ。それだめそれだめ。やめて、駿介くん。違うの。私感じているわけじゃうあああああ」

「ああ、由依さん。ねえ、言ってもいい？」

「……えっ」

「お、俺……今でも由依さんを愛してる」

「ええっ」

……ねろねろ。ねろん。ピチャピチャ。

「あああ。いやあ、だめ。こんなときにそんなこと……ああ、舐めないで。舐めないで、駿介く――」

……ピチャピチャピチャ。ねろねろねろねろ。

「きゃあああ。どうしよう。どうしよう。あああああ」

どんなにいやがられようと、駿介は臆することなく初志貫徹しようとする。怒濤の勢いで舌をくねらせ、懸命に身をよじる熟女の牝門を舐め立てる。

「ああ、いやン。困る。どうしよう。うあああぁ」

由依のあばれかたは、ますます激しさと切迫感を増した。車が上下に揺れ、ギシギシときしむ音がする。

「由依さん、愛してる。我慢しないで。もう分かったから。分かったから」

……ねろねろねろ。ピチャピチャ。ねろん。

「ああああぁ。ああああぁ」

脂肪のとろけ具合を感じさせる白い内腿に、駿介は指を食いこませた。跳ねおどる女体を、力のかぎり拘束する。

積年の想いのすべてをこめるかのようだった。

ビラビラのぬかるむ狭間に舌を差しいれ、ピンクの粘膜をこじってこじってこじり抜く。

「ああ、いやん。どうしよう。そんなことされたら。そんなことされたら感じちゃう。いっぱいいいっぱい感じちゃう。あああぁ」

「おお、由依さん。感じて。いっぱい感じて。そらそらそら」

……ピチャピチャ。ねろねろねろ。ねろねろねろねろ。

「うあああ。だめえええ。こんなことされたらもうイッちゃう」

「由依さん」

「イッちゃうン。イッちゃうイッちゃうイッちゃう。あああああっ」

……ビクン、ビクン。

「ああ、由依さん……」

ついに熟女は頂点に突きぬけた。そのとたん、ブシュパーッと派手な擦過音を立て、透明な潮がまたしてもしぶきを散らす。

「ああっ、あああああっ」

由依は肉付きのいいヴィーナスの丘を上へ下へとバウンドさせ、とろけるような快楽に酩酊した。

そのたび潮が卑猥な波線を描き、駿介めがけて降りかかる。

「ううっ、すごい……」

「いや、いやああ……」

顔を見られることを恥じらってか、由依は右へ左へとかぶりを振り、乱れた黒髪で小顔を隠す。

一気に身体から汗が噴きだした。甘ったるい汗の芳香が、生温かな湿気とともに痙攣する女体から湧《わ》きあがる。

「いっ……いや、だめ……あう、あああっ……」

「おおお、由依さん……」

「見ないで、お願い……はう、はあぁ……こんな……こんな、私……大嫌い、ハアァァ……」

「くぅ……」

由依はなおもビクビクと熟れた身体をふるわせた。

そんないとしいかつての恋人を、駿介は狭い空間で、うっとりと、ただただうっとりと、見つめつづけた。

第五章　恋人は、痴女

1

「あら、どうしたの」

「どうも……」

瑞希とは何度も会うようになっていたが、営業中の彼女を訪れるのは久しぶりだった。

夜も深まりゆく時間帯。

瑞希は相変わらず、小さな卓の向こうの椅子に座っていた。

卓の上には「占」「運命」という文字が浮かびあがる小さな卓上看板が置かれている。

「なによ。元気ないじゃない」

どんよりと重苦しい空気をまとってここまで来たことには、たしかに自信があった。駿介はあいまいに苦笑し、瑞希の対面の椅子に座る。

「…………」

「…………」

「…………」

「なになに。どうしたの。飲みにでも行く？」

瑞希は苦笑し、片づけをはじめようとした。

「い、いや。まだ仕事中でしょ」

「別にいいわよ。タイムカードで動いている仕事じゃないし」

「いやいや。いい、いい。すぐに帰るから」

駿介はそう言って、てきぱきと行動しはじめた女占い師を制した。瑞希は片づけをやめ、柳眉を八の字にして見つめてくる。

「この間は……すみませんでした」

そんな瑞希に、駿介は深く頭を下げる。

「は？」

瑞希のきょとんとした声が耳にひびいた。

「なんの話」

「いや、だから……」

顔をあげ、駿介は瑞希に言う。

「由依さん……あっ、じ、神野さんのこと」

「ああ……」

なんだその話かと、拍子抜けでもしたかに見えた。瑞希は白い歯をこぼし、椅子の背もたれに体重をあずける。

「ミッションに失敗してしまって」

駿介はうなだれ、瑞希に謝罪した。

そう。

失敗したのである。

二週間ほど前のあの夜。駿介が横暴な君主のようにふるまえたのは、結局あそこまでだった。

由依をアクメに押しあげると同時に幸せだった再会のまぐわいは終了し、駿介の夢——できることならもう一度、由依とやり直したいという夢は、もろくもついえた。

あの夜。

絶頂の白濁感から我に返ると、由依は顔をおおって号泣した。

それはもう、とりつく島もないほどに。

(由依さん)

今も駿介の鼓膜には、あの夜の泣き声の残響が生々しく残っていた。駿介は唇を噛み、目を閉じる。

――言ったでしょ、私は人妻なの。ひどいわ、駿介くん。こんなことをするなんて……駿介くんなんて大嫌い。

どんなに止めても聞かず、由依は公園の駐車場にタクシーを呼んで帰ってしまった。

悲しみと怒りを露わにして憤慨する美熟女にかけられる言葉などどこにもなかった。

取りかえしのつかないことをしてしまったことに絶望的な気持ちになりながら、駿介は駐車場に停めた車の中で悄然《しょうぜん》とした。

「別に気にすることないわ」

駿介の重苦しさとは裏腹に、瑞希はどこまでも軽やかだ。

目を細めてソフトに笑う。

「人間なんだもん。うまくいかないときだってあるわよ」

「そうじゃないんだ」

しらばっくれることはいやだった。駿介は硬い声で、瑞希に言う。

「……えっ？」

「じつは俺……あの夜は、いつもみたいに霊能者として、神野さんに近づかなかった」

「あら、そうなの」

「……ごめん」

駿介はもう一度頭を下げた。上目づかいに見ると、そんな駿介を、困ったように唇をすぼめて瑞希は見る。

「じつはね」

駿介は瑞希に告白した。

「俺……瑞希さんに言っていなかったことがある」

「なに？」

うなだれる駿介に瑞希が問いかけた。

「じつは俺」

「…………」

「神野さん……由依さんとは知りあいだったんだ」

「えっ」

瑞希は口に片手を当て、驚いたように目を見開いた。

「知りあい？」

「忘れられない人がいるって話したことあったよね。生年月日も聞かれて話したら、瑞希さんに相性抜群だって言ってもらった」

「………」

口に手を当ててこちらを見たまま、瑞希は動かない。

「その人が、由依さんだったんだ。だから瑞希さんから次のターゲットを聞かされたときは本当に驚いた。こんな偶然があるのかなって」

説明する口調は、我知らず早口になった。

「最初に言わなくてごめん。でも……よけいなことを言って、瑞希さんに『だったらやめよう』とか言われたりしたら耐えられないって、つい思っちゃって」

「………」

瑞希は片手ではなく、両手で口をおおった。見開いたままの瞳がユラユラと揺れ、相変わらず微動だにしない。

「由依さんには……由依さんにだけは、小細工なしで近づきたかった。もともと俺に霊能者的なものなんかないって分かっている人だし。そうしたら……結果的に……」


怒髪天を衝いた由依は駿介をふりきって帰り、結局それっきりになった。

電話番号もチャットアプリのＩＤも交換していなかった。

もちろん瑞希を介せば、連絡先などすぐに分かる。

それよりなにより自宅を訪ねればすむことでもあるかもしれないが、駿介にはできなかった。

そもそも、もうすでにあの家に、由依はいない。

瑞希から聞いた情報だ。

もう家にはいられないと判断したらしい由依は離婚届を用意し、あとは夫が署名をすればよいだけにして家を出たという。

私もあなたを裏切るようなことをしてしまいました、ごめんなさいと、ばか正直に告白と懺悔《ざんげ》をした手紙まで残して。

「ほんとにごめん」

もう一度、駿介は頭を下げた。

「いろいろとお膳立《ぜんだ》てしてもらったのに、瑞希さんに貢献できなかった。ほんとに申し訳ない」

瑞希の言葉が返ってくるのを、頭を下げたまま待った。

だが、瑞希は答えない。嘘をつかれていたことを知り、気分を害したのかと胸が痛んだ。

駿介は顔をあげた。

「……えっ」

思わずきょとんとする。顔をあげた駿介を出迎えたのは――。

「ムフフフフ」

瑞希の不気味な笑顔だった。

「み、瑞希さ――」

「言ったでしょ。私を誰だと思っているの」

心外そうな口調は、意味深長な笑みとともにだ。瑞希はあごを少し上向け、得意そうに目を細める。

「あの」

「そんなこと、最初から分かってたわよ」

「ええっ？」

思いがけないことを言われ、駿介は目を見開いた。

「最初からって」

「最初からは最初からよ。星野くんから、忘れられないっていう女性の生年月日を聞いたときにピンときた」

「どうして……」

駿介は身を乗りだす。

「どうして、それだけで分かるの」

「聞いていたから」

簡単なことでしょ、というように肩をすくめて瑞希は答えた。

「由依さんからも。ずっと忘れられない人がいるんだって。さりげなく誕生日を聞いたことがあったからおぼえていた。それが、星野くんの誕生日だった」

意外な種明かしをされ、駿介は唖然とする。

しかも――。

（ず、ずっと……忘れられない人？）

「いつごろの、どんな関係の人だったかとか、どんな雰囲気の人だったかとか、全部聞いたわよ。相性判断もしてみた。結果はきみに伝えたのと、もちろんまったく同じ」

口を開いたまま、言葉を発することもできない駿介に瑞希は解説した。

「だから星野くんと話をしているうちに、なんだかモヤモヤしてきて。あれ、なにかしらこれ、どこかで誰かから似たような思い出を聞かされた気がって思いながら話をしていたの」

瑞希は卓に肘《ひじ》をつき、上目づかいになって駿介を見る。

「でもって、きみから相手の生年月日を聞いてようやく確信した。私の中で、由依さんときみがひとつにつながった」

「…………」

「…………」

「……えっ？」

サプライズとしか言いようのない説明を聞いている内に、駿介はふと疑念が湧いた。

「えっ……えっ、えっ？　それじゃ……」

駿介は素朴な疑問を口にした。

「み、瑞希さんが俺に……いろいろな女の人を指名してやらせた、あの裏仕事っていうのは」

「…………」

瑞希は答えない。

口をつぐみ、ミステリアスな笑みを浮かべる。

「もしかして……その……俺と由依さんを再会させようとして」

「星野くんのためだけじゃないわ。私、そんなにお人よしではないし」

瑞希は言って、いたずらっぽく微笑んだ。並びのいい、きれいな白い歯がこぼれる。

「ふつうの人では絶対にできない形で再会させてやろうとするのだから、報酬として、少しぐらい私の力になってもらってもいいわよねって考えたのは事実」

瑞希は口角をつり上げる。

「ンフフ。星野くんのおかげで、貴世さんとか布美子さんとか、みんなから『先生の占いが当たりました』なんて驚かれちゃって。彼女たちの口コミで、またお客さんも増えてしまったり。だから、恩を感じる必要なんて全然ない。由依さんと引きあわせたのは、そのお礼」

「瑞希さん……」

駿介はじっと瑞希を見た。

本当にそうなのだろうかとぼんやりと思う。どこか、あえて露悪ぶっている気も正直した。

この人が悪い占い師ではないことは、ここまでのつきあいでよく分かっていた。頼んだわけでもないのに、駿介と由依を引きあわせようとしたことひとつをとっても、それは明白だ。

もしかしたらほかの女性客たちにも、つらい人生へのせめてものご褒美をと考えて、今回の計画を実行に移した可能性も考えられる。

もっとも、たしかめようとしたところで、おそらく瑞希は本当のことなど決して言いはしないだろうが。

「そんなことより」

瑞希はからかうように言う。

「今私が言った大事なこと、まさか聞き逃していないわよね」

身を乗りだし、駿介の目の奥までのぞこうとしているような表情になった。

「えっ」

「…………」

「あっ……」

駿介はじっと瑞希を見返す。

――由依さんからも聞いていたから。ずっと忘れられない人がいるんだって。

駿介の脳裏に、先ほど瑞希が言ったそのひと言がふたたびよみがえる。

「み、瑞希さん」

「実家がどこだったか分かってるでしょ。つきあってたんだから」

瑞希は言いながらバッグを手にとり、中をガサゴソとやりだした。

ややあって、手帳の中から二つに折った紙片を取りだす。それを広げ、駿介に差しだした。

「一応、住所は聞いておいてやったけど」

「ああ……」

瑞希の気づかいに、胸がつまった。

「料金は百万円。分割払いでいいから」

そんな駿介に、瑞希はニンマリと口角をつり上げた。冗談なのか本気なのか、すぐには分からない笑顔である。

「瑞希さん」

「ああ、それにしても焼けるわね」

瑞希は駿介をいなすように、天を仰いでため息をつく。

「焼ける？」

駿介はきょとんとして瑞希を見た。

「あれ、言わなかった？　私、男でも女でもＯＫなの」

「えっ」

そんな話、はじめて聞いた。

駿介は驚いて絶句する。

まったく今夜は、いったい何度驚けばすむのであろう。

「マジですか」

「好きだったのよ、由依さん」

心底悔しそうな顔つきで瑞希は言った。

「あの唇。あのいやらしいおっぱい。あんなに清楚な顔をして痴女だなんて、最高じゃない。何度襲いかかりたくなったことか」

瑞希は身を乗りだした。

目を細め、眉間に皺をよせて彼女は言った。

「早く行ってやりなさい。私の代わりに、やらせてあげる。いっぱい由依さん、幸せにしてあげて」

2

由依の実家がある街には、十年前、一度だけ訪ねたことがあった。

首都圏から特急電車で三時間ほど。

X県で一、二を争う大都市のQ市。そのターミナル駅から、ローカル電車でさらに二駅ほど乗り継いだ先に、由依の家はあった。

Q市は古城を擁する観光地として有名な地方都市。

四季折々ににぎわいを見せ、テレビドラマなどのロケの名所としても、知る人ぞ知る街だった。

「四十分待ちか……」

終点のターミナル駅で特急を降りた。

ローカル線の発着プラットホームに移動した駿介は、発車標を見あげてため息をつく。

取るものも取りあえずという感じで飛び乗った特急電車。食事もとらずに朝早く出たが、Q市につけば、早くも昼食の時間になっていた。

「立ち食いそばでも食べておくか」

四十分も、ベンチに座って時間をつぶせる自信がなかった。食欲はなかったが、腹ごしらえでもしておこう。

だが、ローカル線のプラットホームには、立ち食いそばの店はなかった。たった今離れてきたばかりの、特急電車の発着ホームまで戻らなければならない。

「やれやれ……」

駿介はため息をつき、またも移動した。

階段をのぼり、行きかう人々の間をぬって連絡通路を歩く。先ほどのぼったばかりの階段を今度は逆にてくてくと下りる。

立ち食いそばの店は、ホームを少し行った先にあった。

先客は五人ほど。

店を囲むように配されたカウンターにもたれている。

そばをすすっている者、手持ち無沙汰にスマホをいじっている者など、いろいろである。

店内では、白いユニホームを着た何人かのスタッフが働いていた。駿介は空いていた場所に立ち、天ぷらそばを注文する。

バッグから瑞希にもらった紙片を取りだし、スマホの地図アプリに住所を入力した。

十年前。たしかにこの街を訪ねてきた。だが、由依の実家まで訪問できたわけではない。

やってきた駿介を、当時女子大生だった由依は、このターミナル駅で出迎えた。そして半日、駿介は由依に案内され、古城などの観光名所を歩いたりしながら二人で過ごした。

楽しくはあったが、今となってはそれだけのこと。とても当時の情報だけでは、由依の実家にまでたどりつけなかった。

彼女から、実家の住所を聞いた記憶もない。

(ありがとう、瑞希さん)

まさに神さま仏さま瑞希さまだった。

瑞希からは色よい土産話《みやげ》だけでなく、どっさりとお土産もねと請求されていたが、そのとおりにしなければならないだろう。

　彼女がいなければ、そもそも駿介は由依との再会すら果たせていない。真剣に、情報料百万円だって検討しなければならないほどだ。

（失敗しないようにしないと）

　駿介は自分に言い聞かせ、ローカル線の駅から自宅までの道のりを今のうちにチェックしようとした。

「てんぷらそばのお客様」

「あ、はい」

　店内で女性スタッフが声をあげた。

　駿介はあわてて返事をする。

（えっ）

「お待たせしま……」

　その人は、駿介にそばの器を渡そうとした。

　二人はどちらも、相手を見て固まる。

　由依だった。

　ベージュ系のシャツに同色のエプロン。髪をアップにまとめ、やはりベージュの和風バンダナで髪を包んでいる。

「しゅ、駿介く――」

「由依さん」

「…………」

「あ、あ……会いたかった！」

固まる美熟女に、人目もはばからず駿介は言った。

「えっ」

由依はますます目を見開く。

きょときょとと周囲を気にした。だが駿介は、もうそんなことになどかまっていられない。

脳内麻薬が一気に全身にまわり、理性を冒した。

「会いたかった。由依さん、会いたかった。どうして黙って行ってしまったの。俺……由依さんのことしか考えられなかった」

「駿介くん……」

カウンターを囲む客たちが、驚いた様子で二人を見る。

「やり直せる、由依さん？　ねえ、俺とやり直せる？　俺……やっぱり由依さんがいないと生きていけない！」

「あっ……」

ほかほかと湯気を上げる器の向こう。

見る間に由依の美貌が紅潮した。

沈黙が訪れる。

だが、誰かが拍手をした。

拍手が連鎖していく。

（ああ……）

周囲の客はもちろん、店の中のスタッフまでもがくわわってくれた。口笛を吹き、拍手をし、やんややんやとはやし立てる。

由依の小顔はさらに赤さを増した。

「しゅ、駿介くん……」

恥ずかしそうに、ぎくしゃくとする。

しかしその目には、同時に涙があふれだした。

そば屋のユニフォーム姿の人妻は、両手で口を押さえ、漏れでる嗚咽を必死にこらえた。

3

「ハアァン、しゅ、駿介くん。んっんっ……」

「由依さん、愛してる。ああ、由依さん」

……ちゅうちゅぱ、ぢゅる。ちゅぱ。

駅からほどない距離にある、シティホテルの一室。

思いがけない出逢いから、一時間ほど待った。

由依のパートタイムの仕事が終わるのを待つと、駿介は彼女の同意を得て、このホテルにチェックインをした。

デイユースの時間だった。

高層階にある客室の窓の向こうには、抜けるように青い空が広がっている。

空の高いところに、飛行機雲が伸びていた。

プラットホームでの求愛で、由依の心はすでにとろけてくれていた。

一日中、家にいるのもはばかられるからと、こちらに戻ってくるなり、駅のそば屋でパートの仕事をはじめていたという。

駿介はそんな由依に説明を求められ、瑞希とつながっていたことを話した。さすがに裏仕事をしていたことまでは話せなかった。もちろん瑞希がバイセクシュアルで、ひそかに由依を思っていたらしいことも。

だが、駿介と由依が今でも互いを想いあうかつての恋人同士なのではないかと、驚異的な勘のよさと記憶力で気づいた瑞希の尽力で、自分はふたたび由依と出逢うことができ、今またここにこうしているのだと説明した。

由依は、足しげく通っていたなじみの占い師がキーパーソンだったことに驚きながらも、駿介の話に納得し、それ以上なにも聞かなかった。

ホテルの部屋で二人きりになりたいとねだる、駿介のせつない思いを受け入れてくれた。

「あン、駿介くん、んっんっ……いいの、私なんかで……こんないやらしい女で……ほんとにいいの……？　んっ、ムンゥ……」

順番にシャワーを浴び、どちらも裸身に白いバスタオル一枚を巻きつけただけの姿だった。

ツインルームのベッドのひとつに、もつれあうように横たわった。互いの身体をかき抱き、ねっとりとした接吻にふけっている。

「どうしてそんなことを聞くの。んっ……」

「ハアァン、だって……だって……あっ……んっんっ……」

……ピチャピチャ、ちゅう。ぢゅる。

口を吸いあうだけでなく、互いに舌を突きだして、品のないベロチューにエスカレートさせた。

由依は恥ずかしそうに美貌を赤らめながらも、舌を求める駿介に応じ、自らもローズピンクの長い舌を彼の舌に擦りつける。

（ああ……）

それなりにいろいろな女性と、こんな風にキスをしてきた。だがやはり、由依と交わす接吻の味は格別である。

舌と舌とを擦りつけあうたび、キュンと股間が甘くうずいた。

ペニスはどこまでも正直だ。

あっという間に勃起して、早くもバスタオルの股間部に、突っぱり棒のようになっている。

「あぁ、由依さん。もう遠慮しないよ。いいよね」

駿介は由依から舌を放し、訴えるように言った。

「えっ……」

由依は長い舌を飛びださせたままだ。

寄り目がちのいやらしい顔つきで、駿介を見つめ返す。二人の舌の間にはねっとりと太い唾液のブリッジが架かっていた。

「駿介くん」

「もう隠さなくていいんだ。俺、瑞希さんからも全部聞いた。由依さんがあの人に話した、由依さんの体質の内緒の話」

「あぁ……」

由依の瞳は、すでにねっとりと淫らに潤んでいた。だが駿介の話を聞き、熟女はさらに、マゾヒスティックな恍惚を露わにする。

いつも清楚な和風の美貌が、これまで一度として見たこともないほど官能的にとろけている。

左右の頬を紅潮させ、艶めかしく表情を弛緩させた。ユラユラと揺らめく一重の目には、こみあげてくるせつないものが尻上がりに高まる。

「いいの？　ほんとにいいの？」

問いかける声は、感極まって上ずった。

両目から涙のしずくがあふれ、火照った頬を伝い流れる。

「由依さん……」

「嫌いにならないでね。ほんとにいやらしい女よ。駿介くんに嫌いになんてなられたら、ほんとに私、生きていけな――」

「ああ、由依さん」

「んっあああ」

すばやくベッドの上をずり、駿介は態勢を変えた。むちむちした脚を左右に開かせ、股の間にもぐりこむ。

「ハアァァン」

恥ずかしがる熟女の脚をすくいあげた。またしても大胆なガニ股にさせる。

すでに下着など着けてはいない。

今日もまた、もっさりと生えた剛毛と、肉厚のラビアにいろどられた牝湿地が露わになる。

「あの夜のつづき。ね、あそこからはじめていい?」

駿介は由依に聞いた。

由依はうっとりと、そんな駿介を見あげてくる。

「駿介くん……」

「いいね？　はじめるよ。ああ、由依さん」

……ちゅっ。

「ああああああ」

いよいよ駿介は、本格的な開幕を宣言した。露出した由依の秘唇に容赦なく、飛びださせた舌をぬちょりと突きさす。

「うああ、ああ、駿介クゥゥン」

「はぁはぁ……由依さん、愛してる。愛してる」

……ピチャピチャ、ねろん。

「ああああ。ああああああ」

（す、すごい声）

あばれる両脚を力任せに拘束し、脂肪味あふれる内腿にギリギリと指を食いこませた。

マングローブの森の下。いやらしい肉割れは、早くもほころびかけていた。二枚のラビアが左右にめくれ、膣粘膜の園がその一部をさらしている。

「うああ。うああ。うあああああ」

「はぁはぁ……由依さん。んっんっ……」

そんな女陰に舌を突きたて、上へ下へ、右へ左へと舐めしゃぶった。デコボコした粘膜の感触を舌先に感じる。ひときわえぐれた膣穴のとば口を、しつこくねろねろとこじるようにすれば――。

「ああ、駿介くん。ああ、そんな。どうしよう。あああ。あああああ」

由依は早くもとり乱した。していることは同じだったが、あの夜とは最初からやはり違った。

感じかたもあの夜以上なら、由依からあふれだすせつないものもけた違い。間違いなく自分たちは、十年越しの物語の中にいることを駿介は感じる。

「由依さん、感じて。恥ずかしがらなくていいから。俺、由依さんのこと、嫌いになんてならないから。そら。そら。そらそらそら」

……ピチャピチャピチャ。

「あああああ。あああああ」

ひとしきりワレメをこじって責めたてた。お次は不意打ち同然に、クリ豆への重点的な攻撃だ。

ピンク色にぬめり光る肉豆が、莢《さや》から頭をのぞかせていた。

「ヒイィン」

駿介はあばれる身体を押さえつけながら、巧みに舌を使い、莢からズルリと豆を剝く。

（おおお）

剝き身の陰核はビンビンに勃起し、甘酸っぱい劣情を満タンにしていた。舐めないではいられなかった。責めたてずにはいられなかった。駿介はあらためて舌を飛びださせ、嗜虐心と情愛をミックスさせた激情とともに、ねろん、ねろん、ねろねろと、勃起陰核をひたすら舐める。

「ああ。あああああ。どうしよう。いいの、駿介くん？　ほんとにいいのね。いいのね。ああああああ」

由依はあられもない声をあげ、駿介の責めに反応した。

絶え間なく身をよじり、尻をふり、背すじをしならせてはもとに戻す。三十路《みそじ》を過ぎた肉体からこみあげる、はしたない悦びに身をこがす。

「いいよ、由依さん。もういいんだ。もう隠さなくていい。んっんっ……」

「うああ。うあああああ」

なおも舌を躍らせ、枝豆のような触感の肉豆をさかんに舐めはじいた。

見れば陰核の下の牝割れは「いいの、いいの、もっとして」とでも訴えるかのように、二枚のビラビラを蝶の羽さながらに開閉させている。

しつこく舐めて唾液まみれにした膣穴が、新鮮な空気を求めるように収縮と開口をくり返し、泡立つ愛液を分泌する。

……ブチュ。ブチュブチュ。

「おお、エロい」

「ああン、駿介くん。駿介くぅぅん。もうだめ。私だめ。知らないわよ。知らないわよ。あああああ」

由依の声はさらに切迫感を増し、生々しく上ずり、跳ねあがった。

「いいんだ、自分を解放して。いっぱいいいっぱい気持ちよくなって。そらそら。そらそらそら」

そんな由依に、駿介は応じる。

さらに舌をうごめかせ、パンチングボールさながらに、唾液まみれの陰核をサディスティックに舐めはじく。

……ピチャピチャピチャ。れろれろれろ。

「ああ。あああああ。もうだめ。もうだめ。我慢できない。我慢できないの。あああああ」

「ゆ、由依さん」

「気持ちいい。駿介くん、気持ちいい。もっとして。ねえ、もっと」

「こう、由依さん、ねえ、こう?」

ついに自分から、由依は浅ましく求めだした。

駿介は鼻の奥をつんとさせ、同時に淫らな情欲も、さらにいっぱいに身体の中にみなぎらせる。

……ピチャピチャ。ぢゅるぢゅる、んぢゅ。

「ああ、気持ちいい。駿介くん、気持ちいいよう。気持ちいいよう。ああああ」

由依は頭頂部を枕に押しつけ、ブリッジのように背すじを浮かせて咆哮《ほうこう》した。

人妻の喉からほとばしる言葉には、すべての音に濁音がついたかのような凄艶なものがある。

いよいよ本当の由依が姿を現しはじめたらしい。駿介はゾクゾクと背すじに鳥肌を駆けあがらせる。

「感じて、由依さん。見せて、ほんとの由依さんを。はぁはぁはぁ」

……ピチャピチャ。ねろねろ。ねろねろねろ。

「うあああ。気持ちいい。気持ちいい、気持ちいい。もうだめ。イッちゃう。イッちゃうイッちゃうイッちゃうイッちゃう。あああああ」

「あっ……」

……ビクン、ビクン、ビクン。

「はう。はう。はう……あああ……」

天裂く雷に、身も心も貫かれたかのようだった。アクメに突きぬけた人妻は、ベッドの上でバウンドする。

ストレートの黒髪を狂ったようにふり乱した。

ベッドをギシギシときしませて、絶頂の瞬間にだけ行くことのできるひとときの天国に酔いしれる。

「おお、由依さん。すごい……」

熟女は心の鎧《よろい》を脱ぎすてて、身も心も解放していた。

もう自分を隠そうとしない。

感じる悦びのまま淫らな恍惚に耽溺《たんでき》し、そんな自分のありのままを、覚悟を決めて駿介にさらす。

4

「はぁはぁ……駿介くん……もうだめ……私、もう隠せない……」

ひとしきりエクスタシーに没頭し、その快感に酩酊しきったあとである。

由依は乱れた息をととのえ、呆然《ぼうぜん》としていた。

しかしようやく、力を取りもどしたようだ。

手足を投げだし、ぐったりしていたベッドから身を起こすと、今度は駿介を横たわらせる。

「おお、由依さん……あっ……」

「アァァン……」

駿介の腰には、白いバスタオルが巻かれたままだ。

年下の恋人を横たわらせた由依はタオルに指を伸ばし、そっと股間からそれを剝ぐ。

——ブルルルンッ！

「おおお……」

「ハアァ、駿介くん。駿介くん、駿介くん、駿介くん」

「あっ……」

反りかえる肉棒は、身も蓋《ふた》もないほどパンパンに海綿体を膨張させていた。野太い棹の裏側を完全にさらして上を向き、陰毛だらけのふぐりをまるだしにしている。

どす黒い陰嚢《いんのう》はキュッと締まってクルミのようだった。二つの睾丸《こうがん》がうごめいて、まん丸な金玉袋がときどきボコボコと隆起する。

由依は駿介に脚を開かせ、股の間に陣どった。

今まで一度として見せたことのなかった大胆さを露わにし、白魚の指を陰茎に伸ばすと、勃起したそれをいとおしげに握る。

「くぅ、由依さん……」

十年前は、こちらからみちびいてさわらせても、恥じらってすぐに放された。そんな由依が今は自ら、ガチンガチンに勃起した怒張を握りしめ、しかも――。

「駿介くん。ごめんね。ごめんね」

……スリスリ。スリスリスリ。

「うおおお、由依さん。あああ……」

あふれだす思いに突き動かされるように、なんと由依は頬ずりまでする。

涙に濡れた頬は驚くほど熱かった。

涙まじりのほっぺたで愛情たっぷりに擦られて、駿介はキュンと亀頭をうずかせ、甘酸っぱさいっぱいの快さにひたる。

……ブチュ。ブチュブチュ。

「アァァン……」

「ああ、ご、ごめん。先走りが……」

この世で最愛の女性にこんなことをされては、ひとたまりもない。

頬ずりをされた亀頭がひくついて、透明ボンドさながらの濃厚なカウパーを由依のほっぺたに粘りつかせる。

「すごい……はぁはぁ……私を思って、こんなになってくれているの……？」

由依はうっとりと瞳を潤ませ、陰茎から頬を放す。

べっとりと粘る先走り汁が、熟女の頬と亀頭の先に、容易にちぎれなさそうな橋をかけた。

「由依さん……」

「ほんとはね、駿介くん。私……」

「……えっ?」

「こんなふうに……こんなふうにしてあげたかった。こんなふうに」

「うわああ……」

……しこしこ。しこしこしこしこ。

由依はあらためて怒張を握りなおす。緩急をつけたしごきかたで、上へ下へと極太を擦過する。

(わあ)

由依に手コキをしてもらえるだなんて、これが夢のようでなくていったいなんだろう。

駿介は、投げだした裸身がズブズブとベッドに沈んでいくような心地になりながら、腑抜けと化して由依の愛撫《あいぶ》を受ける。

「由依さん」

「こんなふうにしてあげたかったの。だって、世界でいちばん好きな人のおち×ちん……でも、できなかった。知られてしまうのが怖くて。駿介くんに、軽蔑《けいべつ》されてしまうのがつらくて」

「あああ……」

あふれだす由依の思いは、セキを切ったかのようだった。涙に濡れたセクシーな顔つきで駿介を見あげつつ、万感の思いとともに男根を上へ下へとしごいてくれる。

しかも、ただ棹の部分をしごくだけではなかった。まるめた指の輪の直径を広げ、張りだす肉傘の縁までも、丹念にシュッシュと由依は擦過した。

「うわあ、由依さん。気持ちいい……」

指の腹でカリ首を擦られるたび、火花の散るような電撃がまたたいた。どんなにアヌスをすぼめても、ブチュブチュと下品な音を立て、尿口から先走り汁があふれだしてくる。

「はぁはぁ……気持ちいい？　ああ、かわいい、駿介くん。子供みたいな顔をして……私、駿介くんを気持ちよくさせてあげられているのね。うれしい」

手コキをしながら、由依は駿介を見あげた。人妻の表情には豊饒な母性がにじみだしている。

うれしいと言ってくれる気持ちに、嘘はないように駿介には思えた。あのころも本音では、駿介を悦ばせてあげたいと、心から思っていてくれたのだとも信じられる。

「ああ、由依さん。ほんとに気持ちいい……」

「ほんと？　うれしい。いいわ、もっともっと気持ちよくさせてあげる」

「えっ。あ……」

……ピチャ。

「あああ。由依さん」

由依はペニスに小顔を近づけ、いきなり舌を飛びださせた。ざらつく舌で亀頭をひと舐めされ、強い電流が股間から広がる。

（あの由依さんが、こんなことまで）

「はぁン、駿介くん。もっともっと気持ちよくなって。し、してあげる。なんでもしてあげる。んっんっ……」

……ピチャピチャ。れろん。れろれろ。

「おおお、き、気持ちいい！」

由依のペニス舐めは、一気に熱烈さを増した。ぺろぺろと棹を執拗に舐め、亀頭にも、右から左から、熱っぽく舌を擦りつける。

ざらつく舌が亀頭に食いこんだ。マッチでも擦るように舌が跳ねあがるたび、甘酸っぱい快美感がしぶくように湧く。

何度もそんな風に責められれば、いやでも陰茎の感度があがった。射精へのカウントダウンがはじまりそうになってしまう。

（くうぅ……）

駿介は肛門をすぼめ、暴発の誘惑にあらがった。口の中に唾液が湧き、ググッと奥歯を噛みしめれば、またしても亀頭がカウパーを漏らす。

「はあぁン、駿介くん……」

「ご、ごめん。どうしても、変なものが漏れちゃう」

「いいのよ、いいの。射精……させてあげようか？」

「えっ」

「んっ……」

「うわああ。ゆ、由依さん」

ついに由依は、頭からパクリと亀頭を咥《くわ》えこんだ。

小さな口いっぱいに、規格はずれとも言える巨根を丸呑みし、目を白黒させている。

「くぅぅ、由依さん」

「アン、やっぱり大きい。してあげたかった。あのころだって私、駿介くんにいつだって、ほんとはこんなふうにしてあげたかった。んっ……」

……ぢゅぽぢゅぽ。ぢゅぽぢゅぽぢゅぽ。

「ああ、由依、さん……」

「んっんっ。駿介くん。今までごめんね。んっ……」

人妻は卑猥な啄木鳥《きつつき》と化した。

駿介の太腿に両手を置く。上へ下へと小顔をしゃくり、駿介の男根を、口の全部を使って舐めしゃぶる。

(気持ちいい)

駿介は天にあごを突きあげ、たまらず吐息をこぼした。

とろけるような、とはまさにこのこと。

はっきり言って、由依にペニスをしゃぶってもらっているというだけで、いつ暴発してもおかしくはないほど感じている。

それなのに、かてて加えて美熟女は、秘め隠していた淫戯でさらに駿介を有頂天にさせた。

キュッとすぼめた唇の締めつけ具合は絶妙の力加減。

これより緩いとものたりないし、これ以上強めだとやや鬱陶《うっとう》しい。ほどよい加減で、うずく棹をしごいてくれる。

なにより信じられないのは、亀頭に降りそそぐ長い舌のいやらしさだ。容易に溶けない飴《あめ》を一刻も早く舐め溶かそうとでもしているような舐めっぷり。れろれろとさかんに鈴口をしゃぶり転がし、得も言われぬ快さを注ぎこんでくる。

しかも――。

「うわあ。由依さん。ああ、そんなことまで」

駿介は信じられなかった。

由依は白魚の指でふぐりをつかむ。キュッと締まった肉クルミを、いやらしい手つきでやわやわと揉む。

そのたび甘い電撃が、陰嚢から背すじへ、さらには脳髄へと突きぬける。

「んっんっ。駿介くん。駿介くん。んっんっ……」

「くぅ、由依さん。ああ、気持ちいい。由依さんにこんな気持ちいいことをされたら、俺、ほんとに射精しちゃうよ」

背すじを駆けあがるゾクゾク感は収まろうとしなかった。くり返し大粒の鳥肌が股間から背すじに駆けあがる。

そのたび脳味噌《のうみそ》がじゅわんとしびれた。

陰茎がししおどしのようにしなる。

凄艶な啄木鳥が小顔をしゃくり、夢中になってカリ首を舐めるそのたびに、いよいよ射精衝動が膨張し、こらえがきかなくなってくる。

（あああ）

気づけば金玉袋を愛撫する熟女の責めも、さらに強さを増していた。

緩急をつけて陰嚢を揉む。

行き場をなくした睾丸が、肉袋の中であちらへこちらへと動いては、内側から袋を突きあげ、玉の形を浮きあがらせる。

由依の白い指に、駿介の陰毛がからみついた。陰毛は由依の指をギリギリと締めつけ、白い指のそこだけがさらに白く鬱血《うっけつ》する。

「ああ、由依さん。もうだめだ」

言葉のとおり、限界だった。切迫した声で駿介は訴える。

「んああ、いいのよ、射精して。受けとめてあげる。私が全部、受けとめてあげる。んっんんっんっ」

……ぢゅぽぢゅぽぢゅぽ！　ぢゅぽぢゅぽぢゅぽぢゅぽぢゅぽっ！

「うわあ、由依さん。ああ、そんなにしたら。き、気持ちいい。出るよ。ねえ、出るよ。いいんだね。いいんだね」

由依は駿介を頂点に突きあげようと決意したようだ。口腔《こうこう》ピストンのボルテージを一気にあげる。

「んっんっ。ハアァ、駿介くん。んっんっんっ」

波打つ動きで髪をふり乱した。

ぢゅぽぢゅぽと生々しい汁音をひびかせて、駿介の棹と亀頭を熱烈なしゃぶりかたで舐めしごく。

「ああ、だめ。気持ちよくて我慢できない。出るよ、由依さん。もう精子出ちゃうよ」

訴える駿介の声は、不様に引きつり、上ずった。

陰茎の芯がじわじわと焼けて赤くなる。陰嚢の中で跳ねる睾丸は、煮立てられ、湯の中でおどるうずらの卵のようである。

「むふぅ、んっんっ……出して、駿介くん。いっぱい出して。んっんっんっ」

駿介の訴えを聞き、由依はますます激しくフェラチオをした。

ぬめる舌のザラザラ加減が、うずく亀頭に心地いい。揉みこねられる金玉袋への刺激にも、しびれるようなものがある。

陰嚢の肉門扉が荒々しく開いた。

うなりをあげてザーメンの濁流が、赤く焼けた肉路を轟々《ごうごう》とせり上がる。

「ああ、イク。由依さん……」

「出して。いっぱい出して。んっんっ――きゃっ⁉」

「くぅぅ、もうだめ。うおおおっ！」

――どぴゅどぴゅどぴゅ！

「きゃあああ。ハァアン、駿介くん……」

「ごめんね。ごめんね。でも、あああ……」

――どぴゅどぴゅ！　びゅるる！　どぴぴぴぴ！

「ハアァン……ぷはっ。んあああ……」

水鉄砲の勢いで、駿介は亀頭から精液を噴きださせた。

射精の瞬間、由依の口中からあわてて男根を引き抜いている。かつての恋人の口の中を、自分のザーメンでドロドロにしてしまうことに申し訳なさがつのったからだ。

だが彼女の口からペニスを抜くだけで精いっぱい。

限界を超えた陰茎は狂ったように脈動し、こしらえたばかりの濃厚な精子を火照った美貌にたたきつける。

「ぷはっ……あン、すごい……駿介くんのち×ちんから……せ、精子……こんなに……ハアァァ……」

「由依さん、ごめん。間に合わなかった……ああ、由依さんのきれいな顔が」

駿介は急いであやまった。

だが、わびたところでどうにもならない。

ペニスはなおもドクドクと我が物顔で脈打った。

そのたびとろけた糊《のり》のようなザーメンが噴きだして、由依の小顔をビチャビチャとたたく。

「いいのよ……いいの……うれしい……私……」

しかし、由依はいやがらなかった。

瞼《まぶた》を閉じ、襲いかかる精子に向かってなおも顔を突きだす。

その様は、被弾する的になることにうっとりしているようにも見えた。

生臭い、栗の花の香りにも似た匂いが湯気とともに湧く。

「アァン……」

いやらしい汁で顔面パックをされ、顔中真っ白になった人妻は、感極まったような吐息をつき、ブルンとその身をふるわせた。

5

「意外にお風呂、大きいね」

「そうね、ンフフ」

シティホテルの浴室は意外に広々としていた。

洗い場にもバスタブにも、けっこう余裕がある。

シャワーを浴び、二人して汗とザーメンを清めた。たっぷりと湯の張られた浴槽に向かいあって座っている。

いわゆる対面座位の体勢。

由依は白い腕を駿介の首にまわしていた。二人してひとしきり、理性を麻痺《まひ》させる接吻の快楽にどっぷりとひたった。

浴室には白い湯けむりがもうもうと立ちこめている。

「由依さん。相変わらず、おっぱい大きいね」

肌をくっつけて向きあった駿介は、目の前でたぷたぷと躍るたわわな乳房を賞賛した。

「駿介くん……」

由依は照れくさそうにはにかみ、上目づかいに駿介を見る。

昔はこれだけのことすら、面と向かって言うのははばかられた。

だがもはや、なんの忖度《そんたく》も必要ない。二人は心と身体はもちろん、互いの性癖すら解放しあう。

心から愛しあう者同士、いとしい相手の肉体を求める幸せな行為にさらにディープにおぼれていく。

「アン、駿介くん……」

駿介は両手でたわわなおっぱいを鷲づかみにした。

Gカップ、九十センチは相変わらずあるだろう。小玉スイカを思わせるダイナミックなふくらみが、由依の胸もとに盛りあがっていた。

十本の指でわっしとつかめば、やはり感触はあのころと違う。

十年前には、若い娘ならではの淫靡な張りが乳房にみなぎり、グニグニと揉めば指を押しかえすような弾力があった。

だが今は——。

「ハァアン、駿介くん。あっ。あっあっ……」

「おお、やわらかい。やっぱりあのころよりやわらかい。も、揉みたかったよう、由依さん。大好きな由依さんのおっぱい、こんな風にもう一度揉みたかった」

「しゅ、駿介くん。あっはぁぁ……」

年相応にとろけ具合の増した豊乳は、完熟という言葉がふさわしかった。

男の身体には、どこをどう探しても似たような柔らかさを持つものはない、女体ならではの神々しい触感。

グググッと指を食いこませれば、豊満な柔乳に指がめりこむ。

「あっあっ……ハァアン、駿介くん……あン、とろけちゃう……そんなふうに、おっぱい揉まれたら……あっはあぁ……」

「はぁはぁ……由依さん……やわらかい……」

もにゅもにゅと、何度もせりあげる揉みかたでたわわな乳塊を揉みしだいた。

駿介の指を押しかえす、生硬な弾力はもはやない。

その代わり、包みこむような母性を想起させる圧倒的なやわらかさ。駿介はうっとりと癒やされる。

こんなおっぱいを我が物顔で揉めるだなんて、なんと幸せなことだろうと、頭の芯をしびれさせて彼は思った。

「由依さん、この乳輪も懐かしい」

駿介は胸を締めつけられるようなセンチメンタルなものをおぼえながら、乳のいただきに鎮座する二つの乳勃起をスリッとなぞる。

「はあぁ、いやン、ばか……」

感度抜群の由依は、もうそれだけでビクンと裸身をふるわせた。

駿介はそんな由依に微笑みながら、スリッ、スリスリッと何度もしつこく乳首をあやす。

「あっあっ……イ、イヤン、あうっあうっ……ハァア、そ、そんなことされたら……電気ビリビリ走っちゃう……あっあっあっ……」

「はぁはぁ……由依さん、オマ×コも感じちゃう？　んん？」

……スリスリ、スリスリスリ。

「あぁン、あっあっ。意地悪……あっあっ……駿介くんのいじわる……あっあっ、か、感じちゃう……エッチな電気がビリビリ来る……ビリビリ来るン」

由依はさらにビクビクと、湯の中でむちむちした裸身を痙攣させた。

乳房の突端で艶めかしい姿を見せつけるのは、これまためったに見られないみごとなデカ乳輪。

平均的な直径よりやや大きめの円を描く乳輪の中心で、サクランボのような大ぶりの乳首がつんとしこり勃っている。

由依の乳首と乳輪は、日本人離れしたピンク色をしていた。学生時代、駿介はその大きさだけでなく色合いにも感激したが、乳そのものの感触はずいぶん変わっても、乳首と乳輪の眺めはあのころのままである。

「感じる、由依さん？　ねえ、オマ×コにもキュンキュンきちゃう？」

……スリスリ。スリスリスリッ。

「あっあっあっ。ハァアン、駿介くん。き、来ちゃう、オマ×コにも来ちゃう。私、オマ×コにもキュンキュンきちゃう。んっあああ」

ついに由依は耐えられず、浅ましい心の声を言葉にした。

「おお、由依さん。そら、もっとキュンキュンさせてあげるね」

そんな由依に、駿介は感激する。

なおも両手でいやらしく乳を揉みながら、ユッサユッサと揺れる巨乳の先端に、はぷんと狂おしくむしゃぶりつく。

「あああああ。ハァアン、駿介くぅぅん」

「由依さん、気持ちいい？　ねえ、気持ちいい？」

……ちゅうちゅう。

「うああああ」

……ちゅうちゅう。ちゅうちゅぱ。ぢゅる。

「うあああああ。駿介くん、感じちゃう。感じちゃうよう。あああああ」

（またすごい声）

さかんに乳を揉み、その形を無限に変えてみせながら、駿介は硬くしこった大ぶりな乳首を品のない音を立てて舐めしゃぶった。

「あああ。あああああ」

唇をすぼめて乳首を締めつけ、緩急をつけて何度も吸う。

舌を激しくあばれさせ、ねろねろと、たっぷりの唾液とともに乳芽を舐めれば、由依の乳はそこだけが異様な硬さを増し、さらにビビンと屹立《きつりつ》する。

「はぁはぁ……由依さん、感じる？　そら、こっちも」

「あああンンン」

今度は反対側の乳首を同じように責めたてた。

唾液にまみれた乳首のほうはワイパーのように指を動かし、しつこいほどにスリスリとやる。

「あああ、気持ちいい。駿介くん、気持ちいいよう。ねえ、オマ×コ、キュンってしちゃう。いっぱいしちゃう。あああああ」

「はぁはぁ……ほら。またこっちの乳首も」

……はぷん。

「うああああ」

……ちゅうちゅう。ちゅうちゅぱ。

「あああ。うあああああ。気持ちいい。気持ちいい。キュンってなる。オマ×コいっぱい、キュンってなる。あああああ」

右の乳首かと思えば左の乳首。

そしてまた右、また左と、駿介は執拗に責める乳首を変え、どちらも怒濤の勢いで舐めしゃぶった。

由依はまたしても淫らな獣に還《かえ》っていく。

乳を揉まれ、乳首を舐められる悦びに我を忘れ、獣の声を張りあげて、あふれ出す悦びを駿介に伝える。

「あああ、気持ちいいよう。気持ちいいよう。駿介くぅん。あああああ」

「はぁはぁ……マ×コ、キュンってする、由依さん。んん？」

……れろれろれろ。れろれろれろれろ。

「うあああ。キュンってなる。いっぱいいっぱいキュンってなる。幸せよ。私、幸せよう。うああああ」

「汁出ちゃう？　ねえ、汁出ちゃう？　んん？」

「あぁぁん、駿介くぅぅん」

由依はどうしようもなくなってくる。欲求不満を露わにしたようにくなくなと身をよじり、自分から股間を駿介の勃起に擦りつける。

一度射精はしたものの、賢者モードになれたのはほんの一時だけだった。

言うまでもなく、ペニスはとっくに臨戦状態。

恥も外聞もなく硬くなり、天へと亀頭を突きだして、早くラクにさせてくれと吠えている。

「あぁン、駿介くん。ねえ、駿介くぅぅん。意地悪しないで。ねえ、意地悪しないで。ねえ、駿介くん。駿介くん。あああああ」

「由依さん、言って。幸せすぎて、マ×コからいっぱい汁出ちゃう？　ドロドロした、スケベな汁、いっぱい由依さんのマ×コから出る？」

「あああ。ああああああ」

「由依さん」

「あああ、し、汁出ちゃう。汁。汁出ちゃうンンン」

再三のしつこい言葉責めに、由依はとうとう陥落した。今にも泣き出しそうな顔をし、目を潤ませて駿介に訴える。

駄々っ子のように裸身を揺さぶった。もう我慢できないと訴えるかのように、全身全霊でおのが肉欲をアピールする。

「汁出ちゃう。駿介くんのち×ちんがほしくて、ドロドロしたエッチな汁、いっぱい出ちゃうの。ねえ、もう我慢できない。おかしくなっちゃうンンン」

「おお、由依さん。由依さん」

「あああ……」

かわいい由依のアピールに、駿介ももう限界だ。

人妻の腋窩《えきか》に両手を入れ、一緒に立たせた。先に湯船から出ると、手を握ってエスコートし、全裸の熟女も洗い場に移動させる。

6

「ハアァン、駿介くん……」

「はぁはぁ……由依さん」

カランをひねり、シャワーヘッドから勢いよく湯を噴きださせた。浴室内は暖かかったが、間違っても風邪《かぜ》などひかせてはならない。

「あぁン……」

足もとをふらつかせる裸女をエスコートし、壁に手をつかせる。シャワーヘッドの角度を変え、艶やかな肌にお湯が当たるよう調節する。

由依の背後に立ち、くびれた細腰をつかんで引っぱった。人妻は求められるまま、尻を突きだす立ちバックのポーズになる。

（ああ、このお尻）

眼下にさらされるヒップの眺めに、息づまるほどの昂ぶりをおぼえた。似たようなボディを持つ美女たちの尻が、次々と脳裏に去来する。

スタイルはいいのに尻だけ大きい——肉体の黄金比を軽やかに拒絶する、そんな女体が大好物だった。

そんな自分の性癖は、やはりこの人への屈折した想いからだったのだと、艶めかしく張りだす由依の臀肉を見て駿介はやっと確信する。

えぐれるようにくびれた腰から一転。

男を挑発しているとしか思えないたくましさで、巨大な尻が桃のような形を強調していた。肉厚の尻は、その内側に甘味たっぷりの果汁の存在と、とろとろの脂肪分を感じさせる。

もしもこれほどまでにいきり勃っていなければ、時間をかけてペロペロと、左右の尻を思う存分舐めまわしたいほどである。

（ああ、お尻の穴）

そして、舐めまわしたいと言えば臀裂の底もそうだった。懐かしい眺めをまのあたりにし、駿介は甘酸っぱい気持ちになる。

ぱっくりと開いた尻渓谷の奥に、ピンク色の肛門がひくついている。

そう。

由依はアヌスも桃色だった。

いろいろな女性の菊蕾を見させてもらったが、こんなにセクシーなピンク色をした秘肛はほかにない。

（またひとつになれる）

由依をバックから犯す悦びは、この大きなお尻とピンク色のアヌスを心ゆくまで鑑賞できるオマケつきだった。

もう一度由依と性器でつながることのできる多幸感に、駿介は天にも昇る気持ちになる。

「挿れるよ、由依さん。ち×ぽ、挿れるからね」

尻を突きだし、物欲しげにプリプリとふりたくる熟女に、体勢をととのえながら駿介は言った。

反りかえるペニスを手にとって、ぬめる膣穴に照準を定める。

「アハァァ、い、挿れて。駿介くん、挿れてぇぇ」

駿介に応じ、由依は声を上ずらせた。窮屈な体勢でこちらをふり返り、潤んだ瞳で訴える。

「ひとつになろう。昔の私を許してね。今度こそひとつに。身も心もひとつに」

「おお、由依さん……由依さんっ！」

あまりにうれしい由依の言葉に、もう死んでもいいとさえ駿介は思った。

だが、今死んでしまってはならない。これから駿介は三十年近く生きてきた人生で、最高の瞬間を迎えようとしていた。

「挿れるよ、いっぱい感じてね。そおらあっ！」

——ヌプッ！

「ああああ」

腰を落として両足を踏んばり、卑猥な牝涎《めすよだれ》を垂らす膣口に亀頭を当てるや、グイッと腰を押しだした。

見た目どおりの熟女の牝溝は、すでに妖しくとろけきっている。ちょっと腰を突きだしただけで、猛る怒張はにゅるにゅると、ぬかるむ胎路に苦もなく飛びこむ。

「おお、由依さん。すごい……あのころより、メチャメチャ濡れてる！」

「うああ、しゅ、駿介く——」

——ヌプヌプヌプッ！

「うあああ」

——ヌプヌプヌプッ！　ズブズブズブッ！

「あああああああ」

「あっ……」

……ビクン、ビクン。

万感の思いとともに容赦なく、膣奥深くまで勃起でえぐりこんだ。

つきたての餅を思わせる子宮口に亀頭が深く埋まる。

そのとたん、早くも由依は吹っ飛んだ。

今まで一度として聞いたことのなかったような声をあげ、天へと顔を上向けて、ビクビクと背すじをふるわせる。

「由依さん。もうイッちゃったの。おおお……」

（な、なんだこのオマ×コ）

あっけなく絶頂に突きぬけた由依に、駿介は感激した。だが、陰茎を出迎えるぬめり肉の快さにも慄然《りつぜん》とする。

間違いなく、あのころより豊饒な潤みを示していた。別人ではないかと思うほど、いやらしく、ねっとりとぬめりきっている。

しかも由依のほとは、信じられないうごめきかたをした。ウネウネと波打つように蠕動《ぜんどう》し、駿介のペニスを締めつける。これほどまでに肉棒をしぼりこむ凶悪な蜜貝を駿介はほかに知らない。

「はうう、イッちゃった……もうイッちゃった……あう……あう……」

ガクガクと裸身をふるわせ、恍惚の顔つきで由依は言った。

「おお、由依さん」

「も、もっとイカせて。いっぱいイカせて。生きているんだって……駿介くんに抱いてもらっているんだって感じさせて。ねえ、気持ちよくさせて」

「くぅぅ、由依さん。由依さん！」

……バツン、バツン。

「あああ。ああ、気持ちいい。気持ちいい。あああああ」

「うわあ、だめだ。俺もいい」

いよいよ駿介はカクカクと、前へ後ろへと腰をしゃくりはじめた。

うずく肉傘と膣ヒダが擦れ、煮沸するような電撃がくり返し強くペニスでひらめく。

由依の湿潤は、それ自体が別の命を持つ魔物のようだった。

いっときも休むことなく蠢動して極太を締めつけ、射精をせがむかのように、艶めかしくおもねる。

（長くは持たない）

残念ながら、雄々しい牡ではいられなかった。どんなにやせ我慢をしようとしても、由依の秘め肉はあまりに気持ちがいい。

淫情を露わにした痴女のすごさを見せつけられる思いがした。

「うああ。うあああああ。あァン、駿介くん。気持ちいいよう。気持ちいいよう」

「ゆ、由依さん」

……バツン、バツン、バツン！

「あああ。あああああ」

……ビクン、ビクン。

「おお、またイッた……」

「や、やめないで。ち×ちん動かして。これ好き。大好き。イキながらち×ちん動かされるとおかしくなる」

またしても由依は絶頂の高みに突きぬける。

ガクガクと派手に裸身をふるわせつつ、動きを止めた駿介にさらなるピストンを要求する。

「はぁはぁ……こうだね、由依さん。こうなんだね！」

――パンパンパンパン！　パンパンパンパンパン！

「うああ。これ。これこれこれ。うあああああ。ああ、いいの。とろけちゃう。もっとち×ちん動かして。あああ。あああああ。挿れたり出したりいっぱいして」

「くぅぅ……」

まだなおアクメの余韻にひたりつつ、由依はさらなる肉棒責めに狂乱した。

目の前の壁をかきむしり、爪先《つまさき》立ちになって太腿や尻の肉をブルン、ブルンとふるわせながら——。

「うああ。いいの。いいの。おかしくなる。おおおおお」

すべての言葉に濁音がついたような淫声をほとばしらせ、肉スリコギで牝肉をほじくり返されるマゾ牝の悦びにどっぷりとおぼれる。

(もうだめだ)

少しでも長く、この幸せな時間を味わっていたかった。

だが、ヌメヌメしたヒダヒダと肉傘が擦れるたび、腰の抜けそうな快美感がまたたく。

快美感は、大爆発への予兆である。

火花の散るような快さの連なりの中で、マグマさながらの激情がゴゴゴと地響きを立てはじめる。

「うああ。うあああ。ああ、だめ。駿介くん、気持ちいい。うれしいの。私うれしいの。またイッちゃう。今度のすごい。来るわ。来る来る。すごいの来る」

「おお、由依さん。俺もイキそうだよ」

「ああああ。ああああああ」

バツバツとバックから肉棒を抜き差しした。

膣の最奥部へと亀頭が埋まるたび、由依はヒクヒクと尻を跳ねあげ、ついには白目を剝いたまま、イキっぱなしのような状態になる。

釣り鐘のように伸びたおっぱいが、たゆんたゆんと重たげに揺れた。つんと勃起した乳首から、糸を引いてツユが飛ぶ。

「あああ。きもちいい。きもちいい。オマ×コ死ぬほどきもちいい。しゅんずけぐんごめんねあいじでるわだじあいじでるずぎだようずぎだようあああああ」

「おお、由依さん」

衝きあげるかのような地響きがさらにボリュームと激しさを増した。キーンと遠くから耳鳴りがし、完全に頭が白濁する。

もはやこの人の膣奥に、精液をたたきつけなくては収まらなかった。駿介は一度として感じたことのなかったような、強烈な種付け本能一色に染まる。

噴きだすシャワーのせいで、もはや二人はどちらもずぶ濡れだ。激しい夕立の中でまぐわうような濡れかたで、二人して淫らな獣になり、生きていることの幸せを、なにもかも忘れて謳歌《おうか》する。

「うああ。うあああああ。もうだめ。もうだめ。だめだめだめだめ」

「おおお、由依さん」

「イッぢゃう。イッぢゃうイッぢゃうイッぢゃうイッぢゃう。あああああ」

「ああ、イク……」

「おおおおおっ！　おっおおおおおおおっ!!」

——びゅるる！　どぴゅどぴゅどぴゅ！　びゅるっ、どぴぴぴぴっ！

真っ赤になった溶岩が、股間から背すじを伝い、脳へと突きぬけて噴火した。

駿介は脳味噌をクラッシュさせ、全身を卑猥なペニスにする。

……ドクン、ドクン。

獰猛な脈動音を立て、何度も収縮と弛緩をくり返した。

ゴハッ、ゴハッと咳《せ》きこむような勢いで、本日二度目の精弾が、亀頭の先からしぶきを散らす。

べっとりとザーメンが粘りつくのはひくつく子宮だ。

アクメの刺激に耐えかねて、のたうつようにうねる子宮口に、ビチャビチャと生々しい汁音をひびかせ、次から次へと精液が飛びちる。

（最高だ）

気持ちのいい射精は、たくさんあった。

特に瑞希と知りあってから経験した数々の射精は、駿介にとっては宝物のような記憶である。

だが、この射精はそれらより、さらに気持ちがよかった。

愛する人の膣内に思う存分精を吐くことは、これほどまでの快感を伴うのだと、今日はじめて駿介は知る。

「あっ……はうぅ……駿介、くん……」

「おおお、由衣さん……」

見れば由衣もまた、狂おしいアクメに突きぬけていた。完全に白目を剝き、絶頂の陶酔感に酔いしれている。

シャワーの湯に濡れたもっちり裸身が、しずくを飛ばして痙攣した。かくんと膝が抜けそうになった女体を、うしろからあわてて抱きとめる。

濡れた肌同士がぴったりとくっついた。

火照った由依の美肌は、驚くほど熱い。

「いいのね……はうう……こんな女で……ほんとにいいのね……」

なおも不随意に肢体をふるわせ、由依は聞いた。そんな美熟女を、さらに強く駿介はかき抱く。

「こんな男でいいのなら」

「うっ……うううっ……」

なおも痙攣しながらも、由依は嗚咽しはじめた。

持ち主のせつない気持ちを代弁するかのように、またしても膣路が蠢動し、駿介の怒張をしぼりこむ。

「あああ……」

――どぴゅっ！

駿介は精液の残滓を、勢いよく放出した。

背後から全裸の人妻をかき抱き、泣きむせぶいとしい人をいつまでも、万感の思いで包みこんだ。

終章

「あら、久しぶり、由依さん」

「瑞希さん……」

「星野くんも」

「どうも……」

由依と二人で瑞希を訪ねたのは、それから二か月ほどしてからだ。恥ずかしそうに挨拶をする由依を歓待した女占い師は、駿介にも目顔で挨拶をする。

「なんだかんだ言いながら、二人がそろっているところって、はじめて見るのよね、私」

「まさか、瑞希さんが私たちのこと、お見通しだったなんて……」

からかうように言う占い師に、羞恥に頬を染めて由依が答えた。

「ンフフ。すごいでしょ？　こんなに驚異的な占い師なのに、世間的には無名っていうのが悲しいわよね」

「そんな」

「ウフフ。なんでもいいけど、やっぱりお似合いね、こうして見ると」

瑞希はそう言い、由依と駿介を交互に見る。

客用の椅子はひとつしかなかった。

そこに由依を座らせた駿介は、いとしい人の横に立ち、彼女と見つめあって照れ笑いをする。

「…………」

そんな二人を、腕組みをした瑞希がじっと見た。椅子の背もたれに体重をあずけ、不機嫌そうに口もとをゆがめる。

「な、なに」

駿介は瑞希に聞いた。

「なんむかつく。二人ともにやけちゃって」

すると瑞希はすねたように唇をすぼめた。だがすぐに笑みを取りもどし、由依に身を乗りだす。

「でも、ほんとによかったわね、由依さん」

「瑞希さん、ありがとうございます」

瑞希に言われ、由依はたまらず目を潤ませた。

「星野くん。ほら、ハンカチ、すぐに。たいせつなマドンナが泣いちゃったじゃないの。誰のせいよ」

「いや、瑞希さんでしょ」

「あ、そっか。ウフフ。さあ、それじゃ飲みに行きましょうか」

駿介がハンカチを由依に渡すと、瑞希は明るく言って片づけをはじめた。

「大丈夫？」

「うん。ごめんね」

「ううん」

気づかうと、由依はハンカチで涙を押さえ、笑顔を作って駿介に応じた。

由依と夫の離婚は成立し、彼女は昨日から駿介と同棲《どうせい》をはじめていた。新生活をはじめた二人は、なにはともあれ愛のキューピッドに挨拶をすべく、ここまで訪ねてきたのである。

ついに最愛のパートナーとやり直すことができた駿介は、いまだかつてないほど営業成績も好調だった。

ほとぼりがさめたら、籍を入れようと話している。

「なんかむかつく」

仲睦《なかむつ》まじくやりとりをする駿介たちをジト目で見て、またも瑞希が言った。なにも知らない由依は「ごめんなさい」と恥ずかしそうに言う。

「…………」

「…………」

駿介は瑞希とこっそりと見つめあった。女占い師は苦笑をし、由依に見えないようにウィンクをした。

（ほんとにありがとう、瑞希さん）

駿介は瑞希に心で感謝を捧げた。

「さあ、行こう行こう。今夜は飲むわよ」

手早く店を片づけると、瑞希は陽気に言って歩きだした。駿介と由依は微笑みあい、そんな瑞希のあとにつづく。

満天の星が二人を祝福するように、夜空いっぱいにきらめいていた。


（了）

三交社文庫
SEJ-050

熟れ妻　占いびより

2021年12月15日　第一刷発行

著　　者　庵乃音人

発 行 者　岩橋耕助

編　　集　株式会社メディアソフト
〒110-0016
東京都台東区台東4-27-5
TEL. 03-5688-3510（代表）　FAX. 03-5688-3512
http://www.media-soft.biz/

発　　行　株式会社三交社
〒110-0016
東京都台東区台東4-20-9　大仙柴田ビル2F
TEL. 03-5826-4424　FAX. 03-5826-4425
http://www.sanko-sha.com/

印　　刷　中央精版印刷株式会社

装丁・DTP　萩原七唱

ISBN978-4-8155-7550-2

差出人不明の手紙に記された謎の一句。
詠み手を探れば桃色椿事が続いて……。

人妻艶うた

末廣 圭

定価 794 円（税込）